行走在民国

民国旅行者印象

本书编写组 编

民友

里的民国生活

上海科学技术文献出版社
Shanghai Scientific and Technological Literature Press

图书在版编目（CIP）数据

行走在民国：民国旅行者印象 /《行走在民国：民国旅行者印象》编写组编．—上海：上海科学技术文献出版社，2021

ISBN 978-7-5439-8309-0

Ⅰ．①行… Ⅱ．①行… Ⅲ．①游记—作品集—中国—民国 Ⅳ．① I266.4

中国版本图书馆 CIP 数据核字 (2021) 第 059508 号

选题策划：张　树
责任编辑：苏密娅　姚紫薇　张雪儿
封面设计：留白文化

行走在民国：民国旅行者印象
XINGZOU ZAI MINGUO: MINGUO LÜXINGZHE YINXIANG
本书编写组　编
出版发行：上海科学技术文献出版社
地　　址：上海市长乐路 746 号
邮政编码：200040
经　　销：全国新华书店
印　　刷：常熟市人民印刷有限公司
开　　本：650mm × 900mm　1/16
印　　张：14.75
字　　数：147 000
版　　次：2021 年 5 月第 1 版　2021 年 5 月第 1 次印刷
书　　号：ISBN 978-7-5439-8309-0
定　　价：58.00 元
http://www.sstlp.com

出版说明

有这么一本民国期刊，蒋介石题赠“文化先锋”，萨空了先生称之为“中国第一本画报”，最高发行量达4万份，代售处遍及“南洋群岛及世界各埠”……当人们谈起老上海情怀，说到民国文化的摩登时代，总喜欢用它来作为佐证，它就是《良友》画报——中国现代新闻出版史上出版时间最长、发行量最大、发行范围最广的刊物。

一本《良友》画报，如何能承载这些盛誉？

从1926年创刊到1945年终刊，《良友》画报共刊行172期，载彩图400余幅，选用照片32000余张……这数以万计的照片中，最吸引人的当然是《良友》的封面女郎，她们中有电影明星留下的妩媚身影（例如好莱坞的中国影星黄柳霜），也有社交名媛的秀丽倩影（例如《色·戒》的女主角原型郑苹如）。但其实这些封面女郎远远不能代表《良友》所蕴含的深远魅力。

《良友》超越时代的生命力，在于它的图片代表了民国时期纪实摄影的最高水准，每一张照片都堪称大时代生活的剪影画，每一册刊物都可谓是一本时代图像志。那些在内页中看起来尺幅不是非常大的图片，每一张都是一个深入民国历史方方面面的镜头。

此次付梓出版的“《良友》里的民国生活”丛书包括：《民国里的上海》《民国生活简史》《他们的民国》《在民国谋生》《民国亲历记》和《行走在民国》。这些图书内容或有电影明星叶秋心演绎的《小家庭第一课》；或有《新年的街头》中，傀儡戏、纸鸢、纸花、灯市、戏法、西洋镜等热热闹闹的场面；或有酱油、糖、蚕丝、汽油、木炭、纸张、油漆、汽水的制造过程；或有丰子恺、冯玉祥、洪深、马思聪、刘长春、黄柳霜、徐悲鸿等名人袒露胸襟的自传；或有随着《良友》全国摄影团考察民国16省的风土人情；或有领略边疆民族生活、交通状况、名城胜景的纪实。让人在娓娓道来的笔触与罕见的图片里，感触中华传统文化的魅力与传承。

为了保持《良友》的原貌，并将原刊精华准确地呈现给读者，我们仅对内容作了重排与审校，地名、人名、语言风格和一些词语的使用，以及少量英文标题和图题等，我们都没有作修改，也没有加编者注，完全依照原刊原貌呈现，希望读者能够给予理解。

在《良友》百期纪念特刊中曾有人写道，“《良友》无人不读，《良友》无所不在”。每位读者都能在这套丛书中发现自己的兴趣所在，找到那么一些感动自己的细节，发掘一些与自己的生活相关的部分……倘若这活生生、热乎乎的民国画卷能让你心有所感，那只能说明，这世间，确有一些文字与图片会有无穷的魔力，在历尽岁月洗礼后仍然熠熠生辉。

这，就是《良友》的价值所在，也是我们编辑此套图书的初衷。

编　者

2021年3月

目 录

旅客必读

THE LIANG YON TRAVEL BOOK

“良友读者旅行列车”，是一部特别给本志读者们乘坐旅行的专车。这一部车子，自然不用烧煤，不必用电，也不是沿着国内原有的铁路来行使的。打个比喻，它有点像美国狐狸影片公司的“魔毯”Magic Carpet，可以随意飞行于任何的国度或省县。尤其使你惊奇的是，即使在交通非常不便的内地，它也可以同样地带你进去，不使你感到种种的不舒服。同时你可以在车里卧游，考察各地风土人物，一切情形，历历在目，得旅行之益，无旅行之苦。且车内并无闲杂人等，一切乘客，全系本志读者，气味相投，彼此皆属良友，读者中如有亲友好作卧游的，不妨相约同行，虽然现在车中乘客已有数万，可是车身绝对保险安全，决无出轨相撞等危险事件发生，多来几位乘客，人多热闹，岂不更为高兴？闲话少提，时间不多，火车快要启行了。我们赶快上车吧。第一次，先带诸位乘客到普通火车所不能到的河套秘密国里去。

San-shen-kung.
三圣宫城堡之远景。地在磴口东九十余里，为河套一带各天主教堂之大本营。

河套中之秘密国
I SAN-SHEN-KUNG, THE CATHOLIC CITY INNER MONGOLLA

自东北四省失陷后，国人都把目光转移到开发西北了，河套一带，沃土千里，黄河灌溉既极便利，气候也很适宜种植，但是地广人稀，已经耕种的地土还只少数，大半都仍荒芜着待人去垦植。年来党政要人以及实业团体去西北调查考察的接踵与途，但实际去开发的却还很少。

一般人都以为在这边远偏僻的地方，外人经济政治势力是不容易侵入的，我们正可脱去一切国际间的约束而自己去开发它，但不知在河套临河磴口间方圆百余里的地土内，比国教士早已借传教的名义树立一个秘密国在那里了。教士在这区域内是大地主，他一只手拿了圣经，另一只手却握住该地经济政治无上的威权，当地人民都在他势力之下受约束，官县更懦怯无力去干涉，所以教会的权势就日渐膨胀起来了。

秘密国的创设已有数十年的历史，在光绪时有比国天主教神父来河套一带传教，他在临河西建立了教堂，以种种利益引诱人民进教，同时向众人购买地土，以高价租给教民耕种，日子久了，教会的地土和势力日渐膨胀，由临河以迄磴口间到处都设置教堂。而自己更借口保护地方，购办军械来设立团练，遇到教民与非教民发生纠纷，他们也任意干涉袒护，凡是在西北河套一带的人民，莫不知道有这个秘密王国的。它权势之大，危害之烈，比了沿海各省的租界更为凶险。

沿河套由包头往西，经过五原临河后，我们就在沿途村落中看见散布着的教堂，教堂四周都有城堡围着，堡内除教堂是主要的建筑外，更附设学校仓库住宅工房等，一切布置都很井井有条，在塞外荒村中见此，的确使我们惊奇不止。教士平日横行非法固然可恶，但他们这种坚毅的创造精神，也很足佩服的。

三圣宫在磴口东九十多里，这是河套一带各天主堂的总堂，所以规模特别宏大，城堡四周都有武装守卫瞭望，旅客经过时须经他们检查后才放行。堡内教民百余户，都以耕种教堂地土为生，他们只知有神父而不知道政府的。西北人民无知幼稚，受了教会的压迫利诱后，就都变成他们的顺民了。教会气焰日涨，至少有一半以上是这般顺民助成的。

开发西北是不容再迟疑的了，这是补救内地经济破产的一条生路，但是外人在那里已埋种了的恶势力，却是我们最先须要除去的大障碍。

The fortress of the city.
中国堂之城堡。

中国堂外城堡之侧面。

三圣宫城堡入口处。

The pasture.
河套一带蒙人之牧场。若加以垦殖，他日均能成为良田。

A front view of the cathedral.
教堂之门前。

A thicket in San-shen-kung.
三圣宫内林木繁盛，为塞外罕见。

Bible reading.
天主教徒阅读圣经与高唱赞美诗。

三圣宫天主堂全景。

The bishop, speaking perfect native language,is the all mighty in this city of catholics.
穿中国衣冠之神父，能操流利土语，为西北一带天主教之最高权威者。

The cathedral as seen through the gate of the city.
由三圣宫堡门望天主堂全景。

The cathedral in the catholic city, San-shen-kung.
三圣宫城堡内之一角。

黄河皮筏与江北舟楫

（良友旅行团摄　张沅恒记）

我只看见过竹筏木筏，却不知在河套一带还有一种皮筏的，前年冬天，良友全国摄影团行程到达了西北后，我们在兰州黄河中第一次看见十多个鼓足了气的牛皮联在一起，上面载了人浮在水中顺流而下，当时水势湍急，筏很快地在眼前一瞬逝去了。

在黄河上游，因为地势倾斜的关系，所以水流非常湍急。由青海经甘肃至宁夏，河中行驶木船是不可能的，水道中借为唯一交通利器的，只有皮筏。每当春夏水涨的时候，在上游载运货物至兰州宁夏包头，时间比骆驼或大车要快捷好几倍。但是这种筏不能逆流上溯，还须把它拆除了由旱路运回再装配好了应用的。

皮筏有羊皮牛皮两种，制造方法都相同，先将整个皮剥下，刮去了毛，用盐和胡麻油揉成柔软，待晒干后吹气使它膨胀，同时用木条编成筏形，再把皮紧上木条，载货轻重，全视筏的大小而定，小的十余个皮编成一筏，大的数十一百余都有，货物载在上面，行驶起来轻稳迅速，确是西北交通中的利器。

去年春由湘赴粤，湘省公路只通到湘粤边界的宜章，由宜章坐轿一天到粤境砰石，砰石到乐昌有一百数十里路程，乘民船由北江顺流而下，也是当日可达。但沿途暗礁很多，舟子稍一不留神船每会遭到危险的。

北江是粤省北部主要的河流，水势迂回曲折，两旁有峰峦夹峙着，风景雄奇秀丽，很和扬子三峡相仿，但是知道它的人比较不多，所以把这山水明秀的地方湮没了。

舟楫由北江顺流而下，一天能行百余里，固不能说它不快捷，但上江时却往往要费七八天工夫，每进到险滩或水闸，更需要许多人拉纤或下水推行，同一途程，而行舟难易，竟有天壤之别。

现代正是机械极度发达的时期，这样由数千年传流下来的皮筏和木船早应当在淘汰之列了，但是我们国里需要改进的东西实在太多了，实际去干却能找到几个人呢！

Sailing boats on the Pehkiang Gorges.
北江海上之帆船。

Almost all boat on pehkiang are built with pointed bows to reduce the resistance of the rapid stream.
北江之小艇，首尾两端均作尖长形，所以便于在河流湍急中行驶，图为小艇连贯前进情形。

How to encounter the dang torrent.
急流把舵之舟子。

Between Lok-chong and Pingshek ,the Pe-kiang is so full of rapids that travelling upstream is a hardship and downstream a danger.
北江水流湍急，舟过小闸时，数舟子合力拉动之，复于舟旁系缆，滩畔舟子牵舟前进，此图乃舟过水闸时情形。

Fighting upstream.
舟过水滩，舟子在滩畔拉缆，牵舟前进。

急流前进中之小舟。

A ballon-raft at the bank of the Yellow River.
浮行于黄河上之皮筏。

Loading the raft.
皮筏以牛皮或羊皮制成，先将皮吹气使之膨胀，放在河滨曝晒。

Sunning the ballons of the roofs.
皮筏装成后，再置于屋顶上曝晒之。

The ballon-raft on the Yellow river.
曝干后之皮筏，置于河滨。

The ballon-raft consists of many ballons made of leather.
装货于皮筏上准备渡河情形。

秋之美术摄作

秋天的情思。（本期封面之唐雪卿女士）

秋影。（伍千里作）

秋夜的劳人。（伍千里作）

秋云漠漠。（冯四知作）

秋之郊外

秋林中披发行吟之颓废诗人。（嘉震）

秋高气爽，正是读书时。（嘉震）

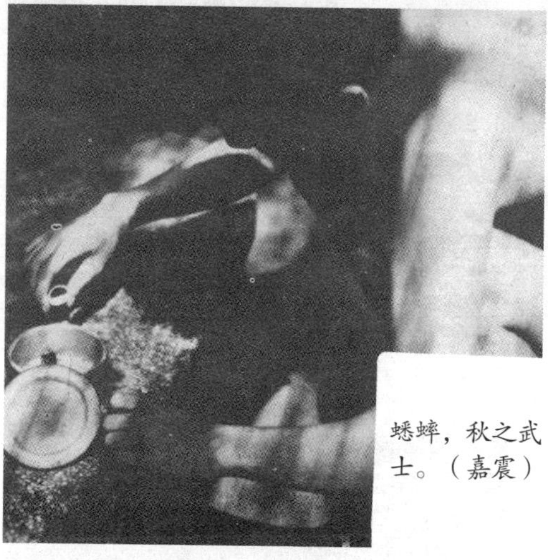

蟋蟀，秋之武士。（嘉震）

中秋月

明月不留人，红颜自衰老。

中秋佳节月饼上市。

吹断玉箫寒月白，一庭清影风来迟。（陈传霖）

秋之颂歌

（马国亮）

它终于来了，那个可爱的秋。

我说“可爱”，希望这话不会损害了那些正因秋而感伤着的人们。

在这些不愉快的日子里，悲秋似乎是一种普遍的现象，也可以说是必然的结果。所以，与其说我故意去嘲弄那些给秋风吹愁的人们，无宁说我于他们有更大的同情。

可是，为什么感伤呢？

叹息的声音是低微的。眼泪不会爆成火花。

世界是可诅咒的。但如其你对世界仅是止于哀怨，那末最可诅咒的还该是你自己的。

在我自己，纵然心里还有许多不如意的烦恼，有许多不曾完成的愿望。但我不能自禁于，并且也正为了它来，欢叫着秋之可爱。它使人兴奋的伟大的力，使我们从精疲神倦中得到了援手。它给我更大的力量，更大的抱负，和更大的希望。

在一年的四季里，秋是多么可珍惜的时节呵！冬是一只饿龙，春是一首催眠曲，夏是一条悠长而喘气的道路。惟在秋，我们才从笼里放出来，从梦中醒了，从长征的路上休息着。

我爱秋天。因为它吹去了热闷的夏，使人神兴，使人更愿意工作。它的温柔有如慈母，在我们的耳边轻轻抚慰。它的严肃却如先哲前贤，在我们身畔督促勉励。秋风使我愉快，因为它给我更清爽更敏捷的体力。落叶使我神往，因为它告诉我委弃了衰败，为明春的新的萌芽。

命运是在自己的手里，气力是在自己的身上。一切失望的，哀怨的，烦恼的囚徒，该趁在这满充着生命力的秋天起来了。

我赞美秋天，纵然它会给人以哀伤的感觉，正因在感伤中见勇士；恰如我赞美苦难，唯能于苦难中识英雄。

秋来了，让我们瞧着：在我们当中，谁是那披着发行吟的颓废诗人，谁是那咨嗟叹息的懦夫，谁是那拔剑起舞的豪杰？

西北内地的行路难

到西北内地去旅行，谁都免不了要一尝坐骡车的滋味，宽不及三尺的车身，人坐在里面已够闷气，轮轴既无弹性，在崎岖不平的路上颠摆前进，这种旅途生活，乘邮船坐蓝钢车的旅客是一辈子梦想不到的。

我第一次坐骡车是在曲阜，往返路程虽只三十多里，但累得我的腰背足足酸痛了两天，同时由这次经验而明了坐车的艺术，第一坐骡车要平心静气，若一有火气，车在乱石载道的路上颠荡时，头时常会碰到两旁的车柱上去的，所以坐上车就得像老僧入定一般，正襟危坐，顺了摇晃的方向左右倾斜，方才不致把脑袋碰痛。第二坐骡车要涵养不能性急，一头骡——走长路的车用两头骡——拉上车每天只能行七八十里路，有时并且比人走还要慢，旅客难急切希望早达目的地，但它的能力只允许它一天走这许多路，所以性急也属徒然，除非将来开辟公路行驶汽车。

北方道路都是黄土的，冬天刮起大风来，尘土飞扬，使人眼都睁不开，平时蹄轮过处，黄尘四散浮起，也会像腾云驾雾一般。雨后道途泥泞，车轮往往陷入数寸，要费好多力才能把它拖出辙外，记得从前有一位在北方住得很久的朋友同我闲谈，他说北方的路在旱天脚踏上去好像踏进了香炉，雨后却泥泞得像酱缸，我起先总以为他形容过甚，但身历其境，却不由不信。

坐骡车跋涉长途，当然是一件苦的事，但因其路途艰险，到了目的地后格外觉得欣喜，沿途缓缓前进到处可流览风景，采问风俗，坐的疲乏时下车步行，借此舒展筋骨，但四五百里路往往走了一星期，时间实太不经济。

我经历中坐骡车最长的路线要算由绥远经宁夏到甘肃了，路程二千二百多里，共走了三十五天，沿途所经，全是一望无际的旷野和重叠的山脉，在河套五原临河一带，更现出满目荒凉，土地都任它荒芜无人顾问，要是把内地过剩的人口移植过去，那末数年之后，必会尽成沃土。

骡车过沙漠是一件很艰难的工作，把它载上缆船渡河也极费事，过到狭桥更须把车辆拆开，车身和车轮逐件扛过，然后重新装上前进。西北行旅困难，于此可见一斑。

现在，让我再说说西北行旅的骆驼：

西北运输，除了骡车之外，骆驼也是不可缺少的交通工具，前者偏重于乘客，后者多半是载货的。

坐骡车颠荡不舒适，驼队夜行昼歇，到处张幕而居，旅途生活虽异，而艰难困苦则同。

驼队选择晚上行走是有原因的，因为晚上就道，日间可找有水源的草地放牧，人也张起幕来举炊就餐，借此歇息，待傍晚再整装出发。

西北商贾转运货物，大半雇骆驼结对驮运的，每队骆驼的数目由数十头以致一二百头，往来边远各地，把运往的茶、盐、布匹日用品一类东西售去，再贩皮毛药材回来，行程遥远，动辄数月，他们这样长途跋涉，无非想得些微利益，但是河套一带，土匪出没无常，往往要遭他们洗劫，又加上沿途税卡遍设，军队需索，所以商贾旅客都把这条路认为畏途。

坐骆驼比任何牲口要省力，在两个驼峰中间座上前后都能靠身，尤其在疲乏时可伏在前面的峰上睡觉，这是旁的牲口所没有的特点。但在隆冬时候，冒着风霜前进，身上加上几重厚裘还抵不住寒冷的侵袭，双足也冻得知觉全失，这种苦况在南方旅行是不会受到的。

乘骆驼跋涉西北险阻途中，在一般人目光看来是件再苦没有的事了，但事实上却并非尽然，连绵起伏的沙漠，一望无际的戈壁，到处能令人胸襟开畅，而沙漠中观日出奇景，更会使人心中不能泯灭。

Over the bridge the mule cart has to go in parts.
骡车过桥时将车身与车轮各件分别卸运情形。

Sunrise on the desert.
沙漠中观日出。

The mule cart struggling through the desert.
骡车在沙漠途中前进。

Cart-ferry.
骡车用缆船载运渡河。

The mule cart forever jolting in the cloud of dust.
晴天行旅，蹄轮过处，尘土飞扬，颇以为苦。

Often a wheel would be caught in the mire.
雨后道路泥泞，车轮深陷土中，行旅亦感不便。

An hour for rest.
稍息仔肩之骆驼。

En route again.
载货出发之骆驼队。

Ferrying the cart across the Yellow River.
骡车搬上缆船准备渡过黄河情形。

Ships of the desert.

沙漠途中之骆驼队。

Journey's end.

阿拉善旗王爷府城内所见之骆驼队。

Mid-way stop.
从骆驼背上卸下货物，途中休息情形。

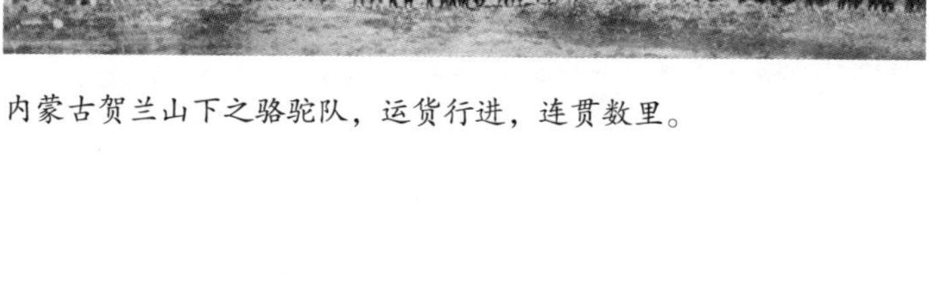

内蒙古贺兰山下之骆驼队，运货行进，连贯数里。

蒙人阿拉善旗族之生活
GLIMPSES OF INNER MONGOLIA

Outside the city wall of Wang-yeh-fu.
王爷府外景，即定远营。

The city-wall Gate of Wang-yeh-fu, bearing close resemblance to that of Peiping.
王爷府之护阑门，其建筑与北平城门甚相似。

Official bulletin in both Chinese and Mongolian language.
阿拉善旗之蒙汉文布告。

Swedish missionaries in Wang-yeh-fu.
王爷府传教之瑞典教士，外人势力，运及边疆，此又一例耳。

A mongolian private.
捍卫地方之蒙兵，其服装虽肮脏不雅，然其战斗力之强毅，远非内地等人所能比拟。

Sheep, the wealth of the nomadic Mongols.
蒙人多为游牧，此为贺兰山前之羊群。

A post-office servant in the desert.
沙漠途中之邮差，无论远近，不辞艰苦，为人传递信息。

Forest-products on Ho-lan-shan on their way to the market in mule-carts.
贺兰山所产之木材，运往省城出售。

An old customs station on Ho-lan-shan.
贺兰山上之蒙古关卡，专为征收出口之吉盐、牲畜、皮毛、木材而设。

A native bringing his lamb to the sheep market for sale.
滩羊皮为宁夏省之特产，毛卷曲而柔软，穿之轻暖舒适，为冬令御寒珍品，图为乡人持羔羊赴市代售者。

Wool spinning a prevailing household occupation in Inner Mongolia.
纺羊毛线为蒙人家庭中之日常工艺。

蒙古城访问记

（张沅恒）

为了希望欲知道一些关于蒙人生活的状况，我们在从包头到宁夏省城的翌日，又继续去二百里外访问蒙古城——定远营，往返七天，但其中有六天却费去在途中。

定远营又称做王爷府，是内蒙阿拉善旗和硕亲王的驻在地。城是土墙，周围有一千四百多尺，城内除了华丽的王府和一所喇嘛庙外，更住着几百户蒙民，商号都设在城外，一共有五六十家，其中大半是汉人开设来收买山货的，此外就是些售布匹杂货的小商铺了，全城人口在三千左右，汉人占全数三分之一。

由宁夏赴定远营，沿途除了大半是荒凉的戈壁外，中间还须越过贺兰山脉，我们本计划乘马去，但携带行李大累赘，故结果是雇骡车出发的。

路程的第一天只到贺兰山麓，第二天就开始上坡绕那曲折的山谷，拳石挡道，路极崎岖难行，车前进时一颠一歪，把坐车人的脑袋几乎震裂，半谷经过一所亲王设立的卡关，我们走近这矮屋前看了墙上黏贴的告示后才知道。原来阿拉善最大的出产是吉兰泰盐池的盐和牲口皮毛，此外贺兰山的煤和木材也占出口的大宗，亲王在各处要隘设卡征税，这收入就充作全旗的经费。

第三天经过的全是一望无际的戈壁，只有蜿蜒起伏的贺兰山脉点缀着这原野。沿途除了偶然遇到几轮载运木材的大车外，简直是人迹罕见。但有时极目四望见驼队像蛇那样蠕动着，一阵一阵的铃声由风中传来，这是塞外的音乐！

到定远营是在第四天的早晨，车经过市区时，每个人都用着惊异的目光注视着我们，真正像我们用惊异的目光注视他们一样。市区的尽头是城门，门外站立着留发辫穿长袍的亲兵，我们叫一位懂蒙语的汉人向他申述了来意后，他又去问明了长官才放我们进城。

城内的景象和西北常见的县城一样，到处是低矮的土屋，并找不出一所帐幕来。原来这里的蒙人已完全汉化了，在外表上他们还保存着原来的服装——皮靴长袍——和奶酪油酥作主要食品外，否则我们简直无从辨别他们了。

亲王府邸是一所西式的洋楼，四周围绕着花木，环境十分幽静。邸内附设一中学校，这是全旗蒙民的最高学府。亲王自己年纪还很轻，他是生长在北平的，在平时他曾受过高等教育，回这里承袭王位还没几年，但对于全旗设施和改善却有莫大的贡献，在内蒙王族中，他是值得仰慕的一人。

喇嘛庙汉名叫延福寺，这是阿拉善旗的总寺，所以建筑得特别富丽堂皇，全寺规模极大，共有喇嘛数百人，我们去游时恰巧逢到一年一度的唪经节，附近善男信女拥满了全寺，这天除了喇嘛唪经祈福外，还有十几对盛装的童男女跳舞酬神，那热闹的情形，全城中是不易遇到的。

在定远营留了一日，归途走的是下坡路，所以车也快捷得多，只二天半便送我们回宁夏城了。

Happy Mongolian child.
严寒环境下之蒙童，自享其天然之快乐生活。

Clothes to women in Inner Mongolia mean warmth not beauty.
旗妇之服装，只求蔽身，不求美观。

Costume—dance a celebration beld in front of the Yenfu Monastery once a year.
延福寺一年一度之跳舞，此为跳舞女童之服装。

川游一瞥

（蔡俊三）

蜀道难行，古人动辄以上青天相比拟，则其难可知。在轮舶未通以前，由鄂边宜昌乘帆船入川，累月始达。沿江滩险甚多，春夏水涨时，滩虽平而江水急，秋冬水枯时，江水虽静，而滩险愈甚，行船均感困难。峡不险而险在滩，滩之上下其水头每相差数十尺。轮船上水，必集土人百十于滩畔，以铁索牵船而上，谓之“打滩”，如人力不胜，则船为水激，倒退数里，常有屡进屡退，竟日不能上者，更有轮船马力不足，须别轮在滩上曳之，合人力以相助者。下水时则轮船由滩上一冲而下，状如打斛斗，隆然声振山谷。其中水之悬急者为兴隆滩，而危险则以崆岭为最，故有“青滩曳滩不算滩，崆岭才是鬼门关”之谚。至山峡则并无危险，不过两山束水稍窄，江流较为湍急耳。过滩之险，轮船且如此则帆船可知矣。

由宜昌西上入西陵峡以后，地势渐高，山势愈雄峻而水流愈稳激，经巫峡以达瞿塘峡（即夔门）而西，则两岸平畴，间有丘陵起伏耳。沿途古迹不少，如兵书宝剑峡、八阵图、白帝城、张飞庙、天子城等，其最著者也。沿河居民，每因山建屋，高下错落有致。水枯时，民房离水面常愈百十丈。其地坡坎之多，不可以数计，上时固非喘息数度不能登，下时亦每有足软不能举步而中途歇息者。交通工具，以轿为多。轿上坡坎，乘者双脚朝天，头倒向地，而濡滞如蜗牛沿壁，下坡时，则轿夫一步数级如飞而下，乘者惊心吊胆，不顾也。轿夫必三四名，轮流换班，换班时，后行者必突然将杠高举，接班者承之，疾行十数步，然后徐徐将杠放置肩上，前行者则否。初至其地之乘轿者，当其突如其来，将人倒出，未有不陡吃一惊也。居民以取水困难，故家中绝少浣洗，而河坝溪畔之洗衣妇，乃如星罗棋布，其工作也，必跪而搓之，头俯伏而臀翘然，乍见之，只觉万臀齐舞，而不知其为洗衣也。居室地下累年不洗，积污盈寸。居民四时头缠白布如居丧者，准在八成以上，婚嫁庆贺等均不忌讳，更有既缠白布而仍戴帽，或既戴帽而仍缠白布者，真不可解，或谓当日刘备驾崩白帝城，军民均头缠白布以志哀，此风至今勿替云。万县西山公园，因山建筑，伟大而深邃曲折，川中首屈一指，其大门钟楼一座，建筑费已达二十余万元，则内容可知矣。居民勤俭，土地肥沃，尝见所植油菜其高愈丈，则其地利确非他省所能及也。

A town on the mountain with houses one higher than another. The street rises so steeply that one has to make a few stops before he could cover the whole slops.

沿河居民，每因山建屋，高下错落有致，其地坡坎之多，不可以数计，上时固非喘息数度不能登，下时每有足软不能举步而中途歇息者。

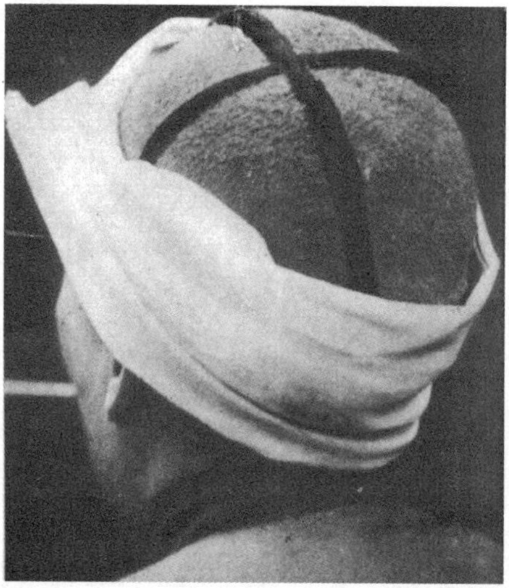

People with white turbans are still commonly seen in inland Szechuan.

民间白布缠头之风俗，相传当日刘备驾崩白帝城，军民均头缠白布以志哀，此风至今勿替云。

The new $200,000 clock-tower built near the West-hill Park in Wen-hsien, the best park in Szechuan.

万县西山公园，因山建筑，伟大而深邃曲折，川中首屈一指，仅大门钟楼一座，建筑费已达二十余万元，则其内容可知矣。

The abundant growth of vegetables on the mountain slope.
川中山势雄峻，土人居山者则以种油菜为业。

At the rapids, these trackers may be seen crawling on hands and feet, straining their muscles to the utmost to move a loaded junk up-stream.
峡中水流湍急，舟楫难行，船只逆流上驶，须雇多人牵缆而进，行旅苦辛，此其极矣。

Chu-tang-hsia, one of the three Gorges in Szechuan, is walled by precipices rising almost perpendicularly from the bed of Yangtze.
瞿塘峡为三峡之一，全长四海里半，沿峡悬崖峭壁，极雄伟之壮观，此为瞿塘峡日远望之景。

Women doing their washing by the side of a river.
居民以取水困难，故家中极少浣洗，而河坝溪畔之洗衣妇，乃如星罗棋布。

明十三陵
THE MING TOMBS AT NANKOW

明朝开国之帝太祖，姓朱，名元璋，凤阳人，面长貌奇，幼孤，为皇觉寺僧。元末，群雄并起，乃投郭子兴下，子兴奇其状貌，留为亲兵，并配以义女马氏，所战辄胜，子兴卒，诸将奉为吴国公，旋称吴王，乃移师克燕京，即帝位，建都南京，在位三十一年，爱民重士，颇多善政。为一代之民族复兴者。明十三陵，即为明历代除太祖，惠帝，及景帝外之十三王朝之陵墓，在河北昌平县，古朴壮丽，极为游客所称道。上图为陵道前石牌坊之伟观。

南口明十三陵

（张沅恒）

在北平西直门搭上平绥快车，不消两小时工夫，就把我们送到南口。脚才踏出车站，一大群驴夫都围拢来嚷着要我们雇他的驴去游明陵。费去好多口舌把价钱谈定了，然后骑上去向崎岖的路出发。

南口是一个长城间的驿站，在平绥铁路未通行之前，它曾占着蒙古和内地交通的要冲而繁盛过一时的，但现在已把这重心移到张家口去了。在这里好像是一个没落的乡绅，到处现着颓败的迹象，再不为人所重视了。

跨驴向东，在离站不远地方，就见一座国民革命军南口战役阵亡将士的纪念塔耸立在路旁。再前是一片原野，当年战时遗留下纵横的沟垒残迹，还呈现在目前供人凭吊。绕过山冈，路更凹凸不平，乱石挡道，大有行不得也之苦。沿途人烟寥落，只偶遇过见一二处贫瘠的乡村。走了约有两小时光景，忽然见一座五柱的大理石坊立在平野中，驴夫遥指着告诉我们那里就是明陵的陵道了，大家加鞭疾驰，不一回儿就到了坊前。

穿过石坊，陵道两旁都排列着石兽石仲。起先是一对八角形的华表，高度总在二三丈之间，上面刻着盘龙，很现出雄壮的气概。继着是狮、象、马、骆驼、麒麟等石兽，再后文武勋臣的翁仲，延长到一里多路。像的高大比真形一倍以上，全是由整块的石雕成的，形态生动，极尽造型美术的技巧，见了后不得不令人惊奇感叹。

陵道尽头已迫近山麓，在葱郁的丛林中露出崇楼高阁，阳光直射在黄瓦上返映出哗然的光辉来，这就是成祖的长陵了。我们涉过沙砾纵横的河流，一步一步跨上山坡，不久到了陵前。红扉黄瓦上剞落斑斑，已呈出凄凉残败的景象来了，享殿上悬着棱恩的匾额，规制很是崇雄。穿过享殿，又是一处园庭，园庭尽处是高耸的明楼，楼下角道直达陵丘，楼上立着大明成祖文皇帝的石碑，倚栏远眺。来时的陵道，行列整齐的石兽石仲，远处的石坊，都历历映现在目前。背后丘上松柏苍翠，下面就埋着这一代英主的骸骨。

游毕长陵，时间已是不早，其余诸陵都没时间再去游览了，归途中纵辔疾驰，颇尽驰骋之乐。

The long, sacred "Triumphal Way" leading to the Tombs of the Ming Emperors.
明十三陵陵道，两旁石兽排列甚长。

The stone camel, one of the mute guardians of that lined the "Triumphal Way". They were carved five centuries ago by stone masters from giant blocks of stone.

陵前两旁之石兽，皆以白石琢成，体积较真形大二倍，此为石骆驼之神态。

Colossal stone statue representing an ancient warrior, supposed to guard the tomb against evil spirits.

陵道左右之翁仲，工作雄伟，望之令人凛然。

Lung-En Tien, a Temple in front of one of the Ming Tombs.
成祖长陵隆恩殿。

凤阳明陵

（李庶任摄）

安徽凤阳为明太祖发祥之地。距城十余里有明太祖父母之陵寝，墓道前石兽，排列绵延达里许，雕刻古朴雄伟，较之南京陵前石兽，尤为伟观。右为陵前绵延之石人石兽，下为石羊之近摄。

Exquisite sculpture on the marble gateway to the Ming Tombs.
陵道前石坊上之雕刻。

The giant stone elephant, one of the mute guardians of the Ming Tombs.
白石像之伟大工作，其雕刻系以整块天石为之，神态生动，极造形美术之能事。

The mouth of one of the Imperial Funeral Subways.
长陵坠道外眺，风景幽雅。

The giant stone tablet.
明十三陵石碑。

Sunlight paints the floor of Lung-En Tien.
成祖长陵隆恩殿内之棂影。

Miles of stone figures that lined the Triumpha !Way to the Ming Tombs.

The stone sheep

雁荡山的秋月

（郁达夫）

古人并称上天台雁荡；而宋范成大桂序海岩洞志，亦以为天下同称的奇秀山峰，莫如池之九华，歙之黄山，括之仙都，温之雁荡，夔之巫峡。大约范成大，没有到过关中，故终南华山，不曾提及。我们南游三日，将天台东北部的高山飞瀑，（西部寒岩明岩未去，）略一飞游——并非坐了飞机去游，是开特快车游山之意——之后，急欲去雁荡，一赏鬼工镌雕的怪石奇岩，与夫龙湫大瀑，十月二十七日在天台国清寺门前上车，早晨还只有七点。

自天台去雁荡山所在的乐清县北，要经过临海，黄岩，温岭等县。到临海（旧章安城）的东南角巾山山下，还要渡过灵江，汽车方能南驶：现在公路局筑桥未竣，过渡要候午潮，所以我们到了临海之后，倒得了两三钟头的空，去东湖拜了忠逸樵夫之祠，上巾山的双塔下，看了华胥洞，黄华丹井——巾山之得名，盖因黄华升仙，落帻于此——等古迹，到十二点钟左右，才乘潮渡过江去。临海的山容水貌，也很秀丽，不过还不及富春江的高山大水，可以令人悠然忘去了人世。自临海到黄岩，要经过括苍山脉东头的一条大岭，岭头有一个仙人桥站；自后徐经仙人桥至大道地的三站中间，汽车尽在山上曲折旋绕，路线有点像昱岭关外与仙霞岭南的样子，据开车的机司说，这一条岭共有八十四湾，形势的险峻，也可想而知。

黄岩县城北，也有一条永江要渡，桥也尚未筑成；不过此处水深，不必候潮，所以车子一到，就渡了过去。县城的东北，江水的那边，三江口上，更有一枝亭山在俯瞰县城；半山中有一簇树，一个白墙头的庙，在阳光里吐气，想来总又是黄岩县的名胜了，遥望而过。黄岩一县内，多橘子树园；树并不高，而金黄的橘实，都结的累累欲坠，在反射斜阳，车驰过处，风味倒也异样，很像我年青的时候，在日本纪州各处旅行时的光景。

自黄岩经温岭到乐清县的离大荆城里路的地方，村名叫作水积，或名积水不知是哪两个字)，前临大海，海中有岛，后时双旗岗峰，峰中也有叠嶂一排，在暗示着雁荡山的奇峰怪石。游人到此，已经有点心痒难熬的样子了，因为隔一条溪，隔一重山，在夕阳下，早就看得出谢公岭外老僧送客之类的奇形怪状石岩阴影：北来自大溪镇到此，约有三十余里的行程。

在雁荡山第一重口外，再渡过那条自石门潭流下来的清溪，西驰七八里，过白溪，到乡岭头，就是雁荡山东外谷的口子，汽车路筑到此地为止，雁荡到了。

在口外下车，远望进去，只看见了几个巉岏的石峰尖。太阳已经快下山了。我们是由东向西而入谷的，所以初走进去的时候，一眼并不看见什么。但走了半里多上灵岩寺去的石砌路后，渡过石桥，忽而一变，千千万万的奇异石壁，都同天上刚掉下来似的，直立在我们的四周；一条很大很大的溪水，穿在这些绝壁的中间，在向东缓流出来。壁来的太高太陡，天只剩下了狭狭的一条缝，日已下山，光线不似日间的充足。石壁的颜色，又都灰黑，壁缝里的树木，也生得屈曲有一种怪相；我们从东外谷走入内谷去的七八里地路上，举头向前后左右望望，几乎被吓得连口都不敢开了。山容的奇突，太与寻常习见的样子不同，教人不得不想起诗圣但丁的神曲，疑心我们已经跟了那位罗马诗人，入了别一个世界。

在龙王庙前折向了北去，头脑里对于一路上所见的峰嶂的名目，如猴披衣，蓼花嶂，响嵩门，霞嶂洞，听诗叟，双鲤峰之类，还没有整理得很清楚，景色一变，眼前又呈现出了一幅更清幽，更奇怪，更伟大的画本。原来这东内谷里的向北去灵岩寺谷里的一区，是雁荡山的中心，也是雁荡山杰作里的顶点。出入时一条清溪，许多树木与竹林。再进，劈面就是一排很高很长，像罗马古迹似的展旗嶂，崛起在天边，直挂向地下，后方再高处又是一排屏霞嶂。这屏霞嶂前，左右环抱，尽是一枝一枝的千万丈高的大石柱，高可以不必说，而积之大周围也不知有多少里；而最奇的，是这些大柱的头和脚，大小都是一样的，所以都是绝壁，都是圆柱。小龙湫瀑布，也就在灵岩寺西北的一大石峰上，从顶点直泻下来的奇景。灵岩寺：看过去很小很小，隐藏在这屏霞嶂脚，顶珠峰，展奇峰，石屏风（全在寺东）与天柱峰，双鸾峰，卷图峰，独秀峰，卓笔峰（全在寺西）等的中间；地位的好，峰岩的多而且奇，只有永康方岩的五峰书院，可以与它比比；但方岩只是伟大了一点，紧凑却还不及这里。

灵岩寺的开辟，在宋太平兴国四年，僧行亮神昭为其始祖后，屡废屡兴；现在的寺，却是数年前，由护法者蒋叔南、潘耀庭诸君所募建。蒋君今年夏季去世，潘君现任雁荡山风景区整理委员，住在寺中；当家僧名成圆，亦由蒋潘诸君自宁波去迎来者，很能干，其有实际办事的手腕。

在灵岩寺的西楼住下之后，天已经黑了，先去请教也住在寺中，率领黄岩中学学生来雁荡旅行的两位先生，问我们在雁荡，将如何的游法？因为他们已在灵岩寺住了三日，打算于明晨出发回黄岩去了。饭后又去请了潘委员来。打听了一番雁荡山大概的情形。

雁荡山的总括，可以约略的先在此地说一说：第一，山在乐清县东北九十里，系亘立东西的一排连山，东起石门潭，西迄白岩六十里；北自甸岭，南至斤竹涧口四十里；自东向西，历来分成东外谷，东内谷，西内谷，西外谷的四部，以马鞍岭为界而分东西。全山周围，合外境有四百二十里。雁山北部，更有南阁谷，北阁谷二区，以溪分界；南阁南至石柱，北至北屏山二里，东至马屿，西至会仙峰十六里；北阁村南北二里，东西五里，西北机甸岭山，为雁荡山北址。

雁荡开山者相传为晋诺驱那尊者，凡百有二峰，六十一崖，四十六洞，十八刹，十六亭，十七潭，十三瀑。入游之路线：有四条，（一）东路从白溪经响岭头自东南入谷。就是我们所经之路线。（二）北路由大荆越谢公岭自东北入谷至灵峰。（三）南路由小芙蓉经四十九盘岭自南入谷至能仁寺，从乐清来者率由此。（四）西路从大芙蓉自西南经本觉寺至梅雨潭。

峰之最高者为百冈尖，高一万一千五百公尺，雁湖在西外谷连霄岭上，高九千公尺。

这雁荡山的大概，是根据潘委员的口述，和《广雁荡山志》及《雁山全图》而摘录下来的；我们因为走马游山，前后只有三日的工夫好费，还要包括出发和到着的日期在内，所以许多风景，都只能割爱。晚上就和潘委员在灯下拟定明日只看西石梁的大瀑布，大龙湫瀑，梅雨潭，回至能仁寺午餐。略游斤竹涧就回灵崖寺宿；出发之日（即第三日），午前一游净名寺，至灵峰略看看观音洞北斗洞等，就出向头岭由原路出发回去。北部的绝景，中央的百冈尖当然是不能够去，就如显胜门，龙溜等处，一则因无时间，二则因无大路无宿处，也只能等下次再来了。这样拟定了游程之后，预期着明天的一天劳顿，我们就老早的爬上了床去。

约莫是午前的三四点钟，正梦见了许多岩壁，在四面移走拢来，几乎要把我的渺多五尺之躯，压成碎粉的时候，忽而耳边上一阵喇叭声，一阵嘈杂声起来了。先以为是山寺里起了火，急起披衣，踏上了西楼后面的露台去一看；既不见火，又不见人，周围上下，只是同海水似的月先，天色苍苍，只余一线，四周岑寂，远远地也听得见些断续的人声。奇异，神秘，幽寂，诡怪，当时的那一种感觉，我真不知道要用些什么字来才形容得出！起初我以为还在连续着做梦，这些月光，这些山影，仍旧是梦里的畸形；但摸摸石栏，看看那枝谁也要被它威胁压倒的天柱石峰与峰头的一片残月，觉得又太明晰，太正确，绝不像似梦里的神情。呆立了一会，对这雁荡山中的秋月顶礼了十来分

Ta Lung Chu (The Dragon Fall) pour down tons of water on one second.(Photo taker T.S.Zee)

雁荡山大龙湫瀑布为江南瀑布中之最雄伟者。壁高瀑大，潭影清深，为江浙皖诸者所罕见。（徐德先摄）

The mountain valley with its fantastic rocks, as seen from the Ma An Pass of Ycn-tan Shan.(Photo taken by H.Bernstein).

迭石城嶂，左右叠嶂成排，奇峰怪石，顿呈眼前。（毕士敦摄）

The Yen Fee(Swallow Fail) Fall, gushing out from the rock in straight lines like the tail of a swallow.(Photo taken by C.W.Liang).
雁荡有十三瀑之称，风景之美，世无其匹，此为燕尾瀑布，两分而下，水流奇息，澎湃震耳。（梁启煜摄）

The monk that's a cliff. One of the fantastic rocks on Yentang Shan.(Photo taken b T.s,Zee)
此为入山道上，前有崖如僧状，名接客僧，于暮色苍茫中，欣示其渡引众生之意。（徐德先摄）

钟，又是一阵喇叭声，一阵整队出发报名的号令声传过来了，到此我才明白，原来我并不是在做梦，是那一批黄岩中学的学生要出发赶上大溪去坐轮船去了！这一批学生的叫唤，这一批青年的大胆的行为，既救了我梦里的危急，又指示给了我了这一幅清极奇极的雁山夜月的好书画。我的心里，竟莫名其妙的感激起来了，跑下楼去，就对他们的两位临走的教师热烈地握了一回手；送他们出了寺门以后，我并且还在月光下立着，目送他们一个个小影子渐渐地渐渐地被月光岩壁吞没了下去。

雁荡山中的秋月！天柱峰头的月亮！我想就是今天明天，一处也不游，便尔回去，也尽可以交代得过去，说一声“不虚此行”了，另外还更希望什么呢？所以等那些学生们走后，我竟像疯子一样一个人在后面楼外的露台上呆对着月光峰影，坐到了天明，坐到了日出，这一天正是旧历九月二十的晚上廿一的清晨。

等同去的文伯，及偶然在路上遇着成一伙的奥伦斯登，科伯尔厂经理毕士敦 Mr.H.H.Bernstein 与戴君起来，一齐上轮，到大龙湫的时候，太阳已经升得很高，似在已午之间了。一路上经下灵岩村，三宫殿，上灵岩村，过马鞍岭。在左右手看了此五指峰。纱帽峰，老鼠峰，猫峰，观音峰，莲台峰，祥云峰，小剪刀峰之类，状形都很像，峰头都很奇；但因为太多了，到后来几乎想向在说明的轿夫讨饶，请他不要再说，怕看得太多，眼睛里脑里要起消化不良症。

大龙湫的瀑布，在江南瀑布当中真可以称霸，因为石壁的高，瀑身的大，潭影的清而且深，实在是江浙皖几省的瀑布中所少有的。我们到雁荡之先，已经是旱得很久了，故而一条岩布，直喷下来，在上面就成了点点的珠玉。一幅真珠帘，自上至地，有三四千丈高，百余尺阔，岩头系突出的，帘后可以通人，立在与日光斜射之处，无论何时，都看得出一条虹影。凉风的飒爽，潭水的清澄，和四围山顶的重叠，是当然的事情了，在大龙湫瀑布近旁，这些点景的余文，都似乎丧失了他们的价值。瀑布近旁的磨崖石刻，很多很多，然而无一语，能写出这大龙湫的真景。《广雁荡山志》上，虽则也载了不少的诗词歌赋，来咏叹此景，但是身到了此间，哪里还看得起这些秀才的文章呢？至于画画，我想也一定不能把它的全神传写出来的，因为画纸决没有这么长，而溅珠也决没有这样的匀而且细。

出了大龙湫，经瑞鹿峰、剪刀峰（侧看是一帆峰）下，沿大锦溪过华岩岭罗汉寺前，能在石壁的半空中看得出一座石刻的罗汉像。斧凿的工巧有艺术味，就是由我这不懂雕刻的野人看来，也觉得佩服之至。从此经竹林，过一条很高很长的东岭，遥望着芙蓉峰、观音岩等。（雁湖的一峰是在东岭岭上可以看见的）。绕骆驼洞下而至西石梁的大瀑布。

西石梁是一块因风化而中空下坠的大石梁，下有一个老尼在住的庵，西面就是大瀑布。这岩布的高大，与大龙溪瀑布等，但不同之处，是在它的自成一景，在石壁中流。一块数千丈的石壁，经过了几千万年的冲击，中间成了一个圆形大柱式的空洞，两面围抱突出，中间是一数丈宽数千丈高的圆洞，瀑布就从上面沿壁在这空圆洞里直泻下来。下面的潭，四壁的石，和草树清溪，都同大龙湫差仿不多。但西面连山，雁荡山的西尽头，差不多就快到了，而这瀑布之上，山顶平处，却又是一大村落；山上复有山，世外是桃源的情景，正和天台山的桐柏乡，异曲而工同。

从西石梁大瀑布顺原路回来，路上又有去看了梅雨潭及潭前的一座含珠峰，仍过东岭，到了自芙蓉南来经四十九盘岭可到的能仁寺里。

这能仁寺在西内谷丹芳岭下，系宋咸平二年僧全了所

剪刀峰

The Scissor's Peak,one of the 102 peaks of Yentang Mountain,emerging alone from the ground near the Big Dragon Fall.(Photo taken by H.Bernstein.)

雁荡山多奇秀山峰，相传开山者，为晋诺驱那尊者，凡百有二峰，六十一岩，四十六洞，十八刹，十六亭，十七潭，十三瀑，此为剪刀峰，近大龙湫之旁。（毕士敦摄）

雁荡山　暮景

Sunset on Yentang Mountain as seen from the road to Wenchow. (Photo taken by H. Bernstein.)

自天台至雁荡山，须经临海，黄岩，温岭等县，此为温州路山所见之雁荡山暮景。（毕士敦摄）

观音洞内望

Looking from the inside of Kwan Ying Tung. The little rock right is exactly like a carving of Buddha's image.(Photo taken by H. Bernstein.)

洞内分四五层楼，在第三层右手壁上有一石佛，人立洞底向洞门望出，严然是一地藏菩萨之侧面，则只一块方石而已。（毕士敦摄）

建。本来是雁荡山中最大的丛林，有一宋时大铁锅在可以作证，现在却萧条之至，大殿禅房，还都在准备建筑中。寺前有燕尾瀑，顺溪南流，成斤竹涧，绕四十九盘岭，可至小芙蓉；这一路路上风景的清幽绝俗，当为雁山全景之冠，可惜我们没有时间，只领略了一个大概，就赶回了灵崖寺来宿。

这一天的傍晚，本拟上寺右的天窗洞，寺左的龙鼻水去拜，观灵崖寺的二奇的，但因白天跑了一天，太辛苦了，大家不想再动。我并且还忘不了今晨似的山中的残月，提议明朝也于三时起床，踏月东下，先去看了灵峰近旁的洞石，然后去响头岭就行出发，所以老早就吃了夜饭，老早就上了床。

然而胜地不常，盛筵难再，第二日早晨，虽则大家也忍着寒，抛着睡，于午前三点起了身，可是淡云蔽月，光线不明；我们真如在梦里似的走了七八里路，月亮终兹露面。而玩月光玩得不久，走到灵峰谷外朝阳洞下的时候，太阳却早已出了海，将月光的世界散文化了。

不过在残月下，晨曦里的灵峰山景，也着实可观；比起灵岩的紧凑来，只稍觉得疏散一点而已。

灵峰寺是在东谷口内向北两三里地的地方，东越谢公岭可达大荆。近旁有五老峰，斗鸡峰，幞头峰，灵芝峰，犀角峰，果盒岩，船岩观音洞，北斗洞，苦竹洞，将军洞，长春洞，响板洞诸名胜，顺鸣玉溪北上，三里可达真际寺。寺为宋天圣元年僧文吉所建，本在灵峰峰下，不知几百年前，这峰因风化倒了，寺屋尽毁。现在在这倒岩峰下的一块隙地上，方在拘木新筑灵峰寺。我们先在果盒岩的溪亭上坐了一会，就攀援上去，到观音洞去吃早餐。

两岩侧向，中成一洞洞，高二三百丈，最上一层，人迹所不能到，但洞中生有大树一株，系数百年物，枝叶茂盛，从远处望来，了了可见。下一层是观音洞的选物场，洞中宽广，建有大殿，并五百应真的石刻。东面一水下滴成池，叫作洗心泉，旁有明刻宋刻的题名记章碑无数。自此处一层一层的下去，有四五层楼三四百石级的高洞的高广，在雁荡山当中，以此为最。最奇怪的，是在第三层右手壁上的一个石佛，人立右手洞底；向东南洞口远望出去，俨然是一座地藏菩萨的侧面形，但跑近前去一看，则什么也没有了，只一块突出的方石。上一层的右手壁上还有一个一指物，形状也极像，不过小得很。

看了灵岩灵峰近旁的峰势，看了观音洞（亦名合掌洞）里的建筑及大龙湫等，我们以为雁荡山的山峰岩洞溪瀑等，也已经大略可以想象得出了，所以旁的地方，也不想再去走，只到北斗洞去打了一个电话，叫汽车的司机早点预备，等我们一出谷口，就好出发。

总之，雁荡，本是海底的奇岩，出海年月，比黄山要新，所以峰岩峻峭，还有一点锐气，如山东崂山的诸峰。今年春间，欲去黄山而未果，但看到了黄山前卫的齐云白嶽，觉得神气也有点和灵峰一带的山岩相像。在迎着太阳走出谷来，上汽车的路上，我和文伯，更在坚订后约，打算于明年以两个月的工夫，去歙县游遍黄山，北下太平，上青阳南面的九华。然后出长江，息匡庐，溯江而上，经

观音洞外望

Kwan Ying Tung, "The Cave of Kwan Ying," is the most wonderful spot of Yenyung. The opening between two precipitous rocks gives space to an eight storied temple within and a garden on the top. The noise of dripping water from distant fountains is audible all over round. (Photo taken by H. Bernstein.)

两岩侧向，中成一洞，洞高二三百丈，最上一层，人迹所不能到，但洞中生有大树一株，系数百年物，洞口宽广，建有大殿，夜静听流泉净淙，如闻仙乐。（毕士敦摄）

双笋峰

The road to Kwan Ying Cave. The cliff on the left is Song Shing Fung, (The Bamboo Shoots Peak). (Photo taken by H. Bernstein.)

经过观音洞而至双笋峰，宛如两笋直立，形状奇伟，为雁荡山奇峰之一。（毕士敦摄）

观音峰远眺

A distant view of the kwan Ying Cave.(Photo taken by H.Brenstein).

由马鞍岭途上远望之观音峰，此为峰之后面，若在峰前望之则甚似观音菩萨。（毕士敦摄）

The Big Dragon Fall, another scenic to wonder of Yentang Mountain, runs like a colossal silver cord down the precipice of a giant cliff. Note the size of man at the foot of the cliff. (Photo taken by Y.Y.Chu)

大龙湫之又一景，注意瀑下旁之白衣游客，瀑布之雄大，可见一斑。（丘远雄摄）

巫峡，下峨眉，再东下沿汉水而西入关中，登太华以笑韩愈，入终南而学长生，此行若果，那么我们的志愿也毕，可以永永老死在蓬窗陋巷之中了。

一九三四年十一月九日。

青海之巡礼

（杨嘉庆摄）

青海地处西陲，然山河表里，形势雄胜。峰岭环抱，土地肥沃，气候则寒暑均剧烈异常，夏季温度常达沸点以上，故农产之发育力非常强大。人口约七百余万，皆以游牧为生，所畜马牛羊骆驼等至伙，故物产多属羊毛毡布毛皮乳酪等，其实该处不乏气候温润，水草丰美之地，可作屯垦之区，且有富饶之盐池，大半为不须煎熬即能自成盐粒者，实一天然之富源。惜该地之人素向惟知游牧，不谙耕缛之术，遂至大好沃壤，视作不毛之地，深望当局急起筹之，免又为外人所染指，西南评论社社长杨嘉庆氏于去年曾组有复旦大学西北考察团，至西北各地考察，并摄得照片甚多，爰择青海之部发表于此，以告国人之关心西北者。

A typical Lama Temple in Tsinghai with bronze tiles and roof decoration.

青海喇嘛寺建筑华丽，其屋顶瓦盖，全用金装建：色泽辉煌夺目，图为塔尔寺之大金瓦寺全景，其寺顶西系用黄金镀成。传为佛教中黄教首领宗喀吧诞生地。寺产异常丰富，赖以生活者数以万计，闻其寺产可抵庚子赔款而有余，实足惊人。

Religious service in the lama Temple.
喇嘛僧每年举行盛大之诵经典礼四次，此为塔尔寺喇嘛诵经情形，中座者为佛爷。

Professional monks in a lama temple.
民间遇有何种典礼，例有礼聘喇嘛和尚到家诵经，图为塔尔寺前之番僧，服装以等级之别，各有不同。

The leader of the Mongolian banner with his family.
青海省分六大部，廿九旗，每部旗均设领袖，此为最大部名霍硕特部蒙古王爷全家摄影。

The Honan Prince, the almighty in Tsinghai, taken together with the photographer of this page.

西北考查团团长杨嘉庆与河南亲王（青海省境内黄河以南区域之部属首领）滚喝环觉合影。

The young Ruler of Talan District with his mother.

都兰县克克蒙王（现年十一岁）与其母合摄。

Attires of the Tsinghai Women.

人民服装，以皮衣为主，往往终年不大更换，其豪富者则多着绸缎，妇女对于辫髻，极为注意，数月始梳洗一次，每次须费时竟日，图右为当地妇女服装及头饰之正面，左为背面。

The eight pagodas under which were buried the eight lamas killed by the Gen.Yen Kan-yao. In front of the eight pagodas is the horse and fur market.

昔四川总督年羹尧靖难青海时，误杀喇嘛八人，此塔尔寺之八塔，即系葬入喇嘛者，塔下为羊马及皮毛市场。

Wives of the "red" religious leaders in Tsing hai.
青海人民信仰佛教中分黄教，白教，红教，均以服饰区别之，图为青海有势力之部王红布夫人之影。

All dressed for a grand feast.
男女欢筵之前，各穿华贵衣服，以取美观，片中女人背向摄影者，盖女性害羞之故也。

飞冷流温

广东新开温泉游览区

（司徒荣摄）

These photographs were taken at the newest summer resort at Canton-The Hot Spring and Flying Rainbow Fall. Modern hotels and conveniences have just been placed there for the benefit of the tourists, who find there one of the most beautiful spots in South China.

粤省从化县温泉，近年辟作游览区域，以其风景清幽和瀑布的奇伟，加以人工建设及交通整顿以后，便成了南方优胜的避暑地。温泉区在广州之北，乘火车二小时可达。绿水清山，筑有旅舍以留游客。砂土上出温泉，凿有池水可供沐浴。去温泉五六里，复有三大瀑布。下为香粉瀑，面积辽阔，流水冲击，若万马奔腾。中为飞虹瀑，水花飞溅，受太阳反射，现玉色虹霓，幻成美丽奇景，该瀑亦以此得名，游人多游泳与此。再上为百丈带瀑，远望如白布高悬，更觉雄奇有致。全区处处怡人，今夏旅客尤盛。

The Flying Rainbow Fall.
飞虹瀑的壮观。

A distant view of the Thousand-Foot Fall.
百丈带瀑远眺。

A section of the Thousand-Foot Fall.
闲坐听瀑，百丈瀑之一段。

The close-up scene of the Flying Rainbow Fall.
飞虹瀑侧面。

The Pond of hot spring water.
砂土上出温泉。此为温泉池，另有温泉井可供沐浴。

The cottages on the slope of the hill.
区内别墅三五点缀其间，是开辟后的新建。

The round hot spring region near Canton.
温泉区山水秀丽，丛林苍翠，景色怡人。

东方的瑞士

西陲黄龙寺雪山胜景
PARDISE SCENERY

（庄学本摄）

Wang Lung Sse (Yellow Dragon Temple) is located on the western front of szechuen province. Its beautiful surroundings are said to rival those of Switzerland, which scenic beauties can be seen from the photographs shown here.

黄龙寺，位于川西松潘东北七十里，西接西康，汉族足迹罕至，而在西陲各民族中为极著名地方，那座艳丽的山岭，有不少羌戎和猼猓各族青年男女的罗曼司，他们心目中是恋爱的天堂。全寺积雪如入银色的境界，古木参天，白绿交辉，景色卓绝。山中有苍翠松林，雄壮飞瀑，幽奇古洞，和美丽的五色池，一切纯出天然，其伟大处，其清幽处，堪与欧洲的瑞士媲美。时人题该寺有“玉嶂参天，一径苍松迎白雪；金沙铺地，千层碧水走黄龙”。其景色之壮丽可以想见。每年六月，当地有黄龙会之举，羌，戎，猼猓，廊落克各族毕集，帐幕云连，极一时之盛。会时登山览胜，围坐饮酒，高歌酣舞，男女调情，密林幽会等，熟闹状况与日本之樱花会相似。该寺地势高而气候寒，虽盛夏亦要穿棉衣，环境之佳，国内避暑地无出其右。

山上接仙桥之景色。

银岭苍松相映成趣。

金沙闪灼的五色池。

由冰解而成的飞瀑。

古木参天，其中屋舍三两为戎族所建庙宇。

枝头坚冰如箸，绿叶衬托如美丽的鲜花。

寺中有黑色池，白雪浮其上，幻成奇景。

陕西农村印象

（庄学本摄）

A WESTERN JOURNEY Conducted by Mr.Tsong Hsui-pan, a well known traveler, who recently accompanied the Panchen Lama Expedition into Tibet and North-western China to study the custom, language, farming condition of the section.

庄君学本，年前曾只身赴川康考察，摄取当地各民族之影象至丰，前经分别刊于本志，如西羌，西戎及廊洛克等族之生活状况，社会情形，与民情风俗等尽采无遗，多为本国地理历史所忽略，中原及沿海地所未见未闻者，对于民族志贡献至伟。最近庄君复随从护送班禅专事允诚入藏，预备沿途考察西北及黔藏等省地理，经济，社会，语言，及各民族人体测量，搜量各种标本等。庄君等一行，由首都出发，沿津浦线抵徐州，转陇海线达西安，西出潼关，陆行陕西，甘肃，青海，等省而入藏。行程万里，堪称壮举。本志特约庄君将沿途摄影，陆续寄回，编成“西游记”按期发表，以飨读者。本期第一集即庄君抵陕后寄回稿件。现在开发西北之声，甚嚣尘上，政府亦认为急切之图，西北农村实况究竟如何，我们须深切注意也。

Market place in the early morning.
三桥镇之晨。村镇早晨商贩云集，百货集陈，以供采购，是农村经济的集中地。

A street scene of a village.
西北农村一角。泥墙土屋，冷落荒凉，西北人民生活可见一斑。

Many people still dwell in caves.
西北人民尚有一部为穴居。穴中冬暖夏凉而潮湿黑暗，俗称寒窑。

Cave-dweller of Northwestern China.

人民居山中土窑，生活简单而欠洁，与原始时代无大别。

Walls of fortification and ox-drawn carriages are typical in Northwestern China.

在西北原野上，人民聚族而居，每族建有围墙碉楼以资防御，与西南之散漫而居者不同。交通以大车为唯一之工具。

People dig wells in their own property to securh water for drinking and irrigation.

生命之泉源。西北河渠稀少，水源缺乏，村中田间凿井，饮料灌溉均此是赖。

Tai Pei Tsai, a most valuable vegetable in this section.

“大白菜”西北名农产品，味鲜甘为佐膳隽品，收获时农人驱车载运。

Picking cotton from the field.

陕西产棉，而农民不懂科学方法，故棉田荒芜而不能大量生产。此为村妇采棉。

Farmers gather stems of cotton plants to home.

霜降以后，农民驱大车至棉田间，将棉花杆拔起回家采下棉花。

Carrying the bales of cotton to railway station.
棉花经采择弹松后，打成巨包，运载入市出售。

Bales of cotton ready to ship outports for sale.
在西京车站屯积待运出口之棉包。

恋爱在青海
LOVE MAKING IN CHINGHAI

Chinghai is a province near Tibet. The natives have a custom all their own. The young people make free love when right of age.

青海遍处西隅，以交通尚未启发关系，素与外间隔膜。记者入藏途中，顺道转青考察。爰将该省桑田格土人风俗摄影一部，以作“西游记”的第二集。

青海虽有不少汉人混居，而桑思格一带却仍为土人的中心区域。到了该地令我们最觉异样的是男女社交之公开。在封建的中国社会里，竟于此发现了一个两性择偶最自由的境域。

婚姻仍不脱专制遗风，由父母作主，但须出于男女两情相悦，然后致礼物，正式成为夫妇的。

女子到了十五岁，便能享有择偶的自由。她们长成了，向父母天地跪拜，将背后发辫尾稍连结起来，就称做“戴天头”，此后她们就被艳称为“阿姑”，得到自由恋爱的权利，在外面结交男人找寻爱人，父母兄弟都不能过问的。如果当“阿姑”时候生有儿女，就算母家的儿女，阿姑可以终老于母家。若她的爱人致了礼物请求结婚，则所生儿女带不带去是很随便的。这种风俗，恰似年前美国有一部分人所提倡的情人制试验结婚一样。

在那个区域里，或许有不婚的男女，然而实际上却没有旷夫怨女。

A marriage ceremony of Chinghai.

青海人的婚礼，男女参拜天地后，两家亲属联合举行“道喇”，即在庭院中大家围聚而歌，男女两方酬唱，且歌且饮，以歌调多，声音脆为荣耀。

The Chinghai native game is a medium for young lovers to meet.
普通的"道喇"为男女间的游戏，是年青人彼此征逐的际会。

A boy who wears an ornamented collar means he has been engaged.
带了花领的男子，便是经已订婚的表识。

Two hears beat as one.
“与子偕行”，男女相悦携手出游。

Anxiously waiting for her lover.
默默含情田野候会的阿姑。

Making her own present to her lover.
女子接受了男子的婚仪，便自己用颜色线绣成一条花领，送给他作为定情的礼物。

Not infrequently, a marrying girl has many lovers to her credit.
多情的“阿姑”每每有一个以上的爱人。

One of the girls whose age has “arrived” to get married.
被艳称作阿姑的少女一影。

A pair of happily married couple.
因为恋爱自由所以青海人的夫妇都是年纪相当而恩爱的。

从西京到青海

庄君学本此次随同班禅大师入藏，应本志之约，将途中摄影及写作陆续寄回，摄影方面前已有两期发表。写作因旅中时间关系，到达较迟，故编作第三集，读者以此与摄影参照，对于西陲情形当更感兴趣也。

编者附志

我这次随护送班禅大师回藏的诚专使西行，预备由极东边的上海，赴极西边的拉萨，作一次贯穿全国的旅行。当然漫漫的长途中，有许多有价值有趣味的景物，等待着我用摄影机介绍给读者。

在临行之前，国亮先生同时要我写一些文字，所以陆续的琐碎的写这篇“西行猎影记”，作我西行中沿途带给良友读者的一份土产，同时也做我发表照片的说明。

但是西陲万山重隔，邮传梗塞，也许将来土产的寄递会发生迟误或困难，还希望读者们的原谅。

西 京 印 象

隆隆隆发出振耳的巨声，哄哄哄喷出迷目的浓烟，一列发狂似的火车，载着我们直向中国的西部冲突进去，一连三日三夜，终于它疲倦了吗？十二月四日的下午，长啸了一声，倏然倒卧在西安的路旁。

西安是我国的故都，古代文化政治的中心，有很多值得介绍的古迹：孔庙后的碑林，几楹破旧的小屋中，排列着自汉以来的碑石一四一五方共分四九五种，内中有大秦景教流行中国碑，和王羲之的圣教序等著名的碑帖，都藏在它里面，真可以称得碑帖大观。

汉朝的宫殿就在西北十里，未央长乐等宫，还依稀可寻。唐朝的宫殿在城北三里，含元殿大明宫，也能找得到方位。但是现在都只有一个泥堆，或一片瓦砾，如果不是考古者先给我们发现，谁都不知道那里埋藏的，是煊赫的帝王之都。

城内化觉巷有一所清真寺，名东大寺，唐代回教由新疆传入中国本部的最古寺院；在中国的回教史上占着很重要的地位。寺中的建筑宏壮美观，有绿瓦的亭阁，和雕刻精细的大殿，书家米元章董其昌写的匾碑。

东南五里有一所石佛寺，又名青龙寺，它是隐落在路边的枯庙。门前点缀着二匹石马，一间很小的殿宇中间，供着一尊彩色黯淡的石佛。但是它是日本密教的发源地，唐朝贞元年间，日本的“空海和尚”来此留学，学成归国就被尊为日本“密教祖师”。在墙壁上发现日本僧人最近来此题词的很多，可见他们还是不绝的赶来朝拜他们的圣地。

“王宝钏”一剧，最近在外国舞台上排演，很引起英美仕女的兴趣；这出戏剧是描写离此不远寒窑中守贞的王宝钏。她的寒窑，远在武家坡的山坳中，旁边盖起几间庙宇，前面种着几棵老树，门前平展一条干涸的水沟，传说就是薛平贵降伏红鬃烈马的鸿沟岸。

看过传奇小说，或读过长恨歌的人们，都知道杨贵妃出浴华清池的一节。华清池就在城东五十里的骊山之下；路上夹着两行树木，桠枝交织成一幅美丽的图画，沿着山脚都是热气蒸腾的温泉。华清池的原址，现在被白石砌成了池塘，上面新建许多亭台楼阁，供浴者和游客的游憩。池中泉水温和腻滑，的确是一所休沐胜地；但是艳传千古的杨玉环，早已室迩人遐，只有在客室中还能见到她裸腿的一页石刻相片。

西安在一二八沪战紧张时，定为西京，从此古城又渐在复兴了。所以最近各项的建设，很引起旅人的注意：西安是周，秦，汉，西魏，北周，隋，唐，七代建都的地方。遗留的文物，都有极大的历史价值。所以当局——西京筹备委员会最大的工作，在修建保管历朝的古迹。

陇海路往西伸展至西安，是西京交通上最大的建设。

周武王之陵，成王康王文王等陵均在附近。

骊山，周幽王烽火戏诸侯于此，亦幽王与褒姒被犬戎所杀之地。

现在陇海路在此地建筑一个富丽的车站，宫殿式的建筑，为故都生色不少。同时陇海路复在向西展筑伸长至甘肃，使西线的交通也由古代而进化至现代。

附近的公路，如西安至兰州的西兰公路，西安至成都的川陕公路，陆续告成，西安的交通日趋灵活。

电灯厂最近也落成了，街路上的电线网，由蜘蛛一般的电灯匠爬在悬空的电杆上架设。不久以后，一个陈旧的故城中，将要射出新亮的电光。

市中的街道本来是古典式狭小的街巷，晴天的灰沙，雨时的烂泥，多会使行人发愁。最近几条干路正在动工放阔，铺石子，设下水道，所以城中的街市也由古典转变为摩登。

总之西安给予我们的印象，是一个正在中兴的破落户。它将来中兴的成绩如何，还是要看破落户中，主人的努力如何而定。

咸阳景色

我们在西安住的日子很长，无聊了，羡慕着咸阳的古迹。十二月廿二日我坐装货的汽车，费了二个钟点就到咸阳的东门，我预备进城去找一家宿店，先行安置。但是很奇怪的，二扇破旧的城门，还紧闭着，门外拥塞的人很多，嘈什得很。“什么！天亮到现在大半天城门还不开？”“城里在清查户口呢。”大家你一声我一句在喧嚷着。我等了有一刻钟，还不见开，转折回到汽车站上，把毯子寄存在站长室里，打听到周陵去的路，预备先去谒了周文周武的陵，回来再打主意。

大路在东北顺着走进去，一路都是平原，朔风凛冽，中途支路很多，时常去踏着岔道，问了几次，才发现前面的坡上有几个尖形的土墩，此地就是毕原了；距离咸阳有十八里。

成王，康王，文王，武王，前后左右隔离几百步路排列着，每一个土墩之前，竖一块狭长的石碑，标着某王之陵。我们对着这些荒落的土墩，不会引起什么兴趣，只会打动我们吊古的悲哀。尤其在民族垂亡的今日，回想它们彪炳的功业，心弦上弹动的，不知是愧吗？！是奋吗！？

暮色不容我徘徊了，催着回去，咸阳的城门已经开放，取了毯子，在城中一家小客店中过夜。明日一早，就上汉武帝的葬地——茂陵。

出城西北还是十八里，但是我今天直走到脚酸，才到茂陵之东二里的霍去病墓。墓中主人，是汉朝征匈奴著名的骠骑大将军。因他祁连山的战功，所以他的坟墓堆成祁连山的形状。墓的四周装饰很多的石刻：前面有石马，

青龙寺，日本佛教密宗之发祥地。

马踏匈奴。后面有石鼠，猩抱猪。墓上有石牛。雕刻的作风都很特殊，线条简单而遒劲，在古代的石刻中是名贵的作品。

墓道的后面，建有一所茂陵小学，农民子弟在校中读书的很多。它是西京筹委员会设立的，兼有提倡教育，保护古迹的二重深意。

出墓向西，已望见了茂陵，它似乎特别高大些，据说是武帝的武功特盛，所以他的陵墓较其他的汉陵要崇高二丈。但是他的墓上，也和周陵同样的荒凉，离离的黄草就是它唯一的伴侣，现在陵前插了一方树苗，预备造一块风景林；几年以后它的状貌可以改观了。

天气特别冷，我的手摸出摄影来会被冻僵，退在空屋

西京之碑林，为国子监故址，历代有名碑帖均荟萃于斯。

中避一刻风，吃一杯从咸阳背来的温水，照了相就回去。

今天脚上走出二个水泡，回到咸阳已午后的三点钟，预备趁汽车赶回西安，可是汽车上午已经过去了。只有挽留我在小客店中，再过一宿。

王宝钏之寒窑，薛平贵降红鬃烈马处。

明早也不想再坐汽车，还是雇一辆人力车慢慢的浏览农村的景色；顺道又想去凭吊阿房宫遗址。

东门外的晨曦，照着渭水滨的一只闲舟，流动的金波，织成一幅诗意的图画。摄影的兴趣，引动我下车，去猎一片咸阳古渡的即景。

越渭水过沣桥，车子歇在正逢集期的三桥镇上打尖，车夫吃饱了肚子，兴忽忽拉我走南首小路去找阿房宫。唐杜牧说它，覆压三百余里。当时三桥镇也是宫中的一部，但是现在华屋已成了焦土。向南有几里，凭着图问田中农夫，都不知道阿房宫在那里，翻书上的照片给他们看，还多不晓得，后来问着了赵家堡，才遇到一个识得照片的人，领我到一个没有头的石人那里。发现地中有一块很大的磐石，此地就是“西京指南”上所说的阿房宫了，读过阿房

长安酒肆，传唐朝吕纯阳遇汉钟离于此。

宫赋的，都会憧憬它的穷极奢华，传说宫里还有一座磁石筑成的门。身藏刀枪的人进去，立时可以败露。现在也只有一片枯菀的棉田而已。

归途中留心着这一带的农村，都是相隔若干里，集合几十家，聚成一个土堡。也有许多挖掘土层，住在窑洞中，像古代的穴居之民。西北的农田，水利不兴，有的在田角掘三口浇水用的土井。所见的农作，多数是棉花，因为陕西是一个产棉区。西安廿三年度产棉一七六二四三二〇斤，咸阳廿四年度产棉五四〇〇〇〇〇斤，指数在陕西的棉产表上都很高。他们收获时，多用牛车赶到田中去装运，因为此地全是平畴旷地，大车往来很便利，所以将来使用机器耕种，也不会发生困难。一路运棉花的牛车往东进西安城的很多，渭水中又泊着装载棉花的木船。

傍晚我进了西安城。

崆峒之游

我们在西安过了新年，一月四日开始向兰州出发。一共二十五辆汽车在西兰公路上骋驰，扬起浓密的尘幕。第一天宿邠县。

第二天的早上驰过花果山水帘洞，没有下车去拜望齐天大圣——孙行者的故乡，很觉得遗憾。再过大佛寺名胜，也不及下车。有时汽车在苍老的柳树下开过，虬曲的枝干严整的排列在两旁，寂寞的西北道上更觉得古气盎然。“这是左宗棠的伟迹哪！”同伴中的一句话，引起了我想到“今日春风度玉关”的一首反唐诗来，知道这是从陕西潼关到新疆哈密的左公柳了，可惜我们提倡植树几年，在西北须要造林的地方，还没有第二行某公柳发现。并且在左公柳残缺枯死的地方，还没有人去替它栽补呢！若干年以后，老树死光，新树没有种植，我知道后人要考查左公柳的古迹，也只有考古学家来发掘它未烂的树根，寻究它的遗址。

华清池，骊山下之温泉，昔唐太宗行宫，因杨贵妃一浴而艳闻后世。

现在之华清池有一部辟作公用，平民免费可入浴，汤中人数噪什。

当夜歇在平凉，诚专使动了崆峒山的游兴，明早带了十几个卫兵分坐二辆汽车，向南走三十里进山，泾水上已结成冰桥，宽阔的河面，驶过去很平坦。

山口很小，下车步行，三里就上山，高处还有积雪，树枝很乱，路陡了，呼吸紧张起来。上坡五里，登山顶，转过一个树枝浓密的山顶，在二棵苍苍的松树底下，发现一所破庙——老营宫。往东几步，就是中台，庙宇密集起来，四周的山峰都环拱在白云里。

中台有一所古庙祥符寺，铜铸的佛像很古，可惜寺院的墙壁有几处已经倒坍，望着塔影走上北台，再折到东台，后面一幅壮丽的绝壁，就是元鹤洞了。“崆峒志”上说：“元鹤楼东台岩洞之中，丹顶，皂身，白腹，朱啄，跓老者色深黑。鹤之出无时，春夏之交，雨霁风和，或二或三四，多不过七。”现在是凛冽的冬季，积雪如银，寒风似剪，不是它们翱翔的季节，所以无缘见面了。

今天不及下山，晚上宿在中台的五龙宫，借不到被褥，室中烤起大火，枯坐一夜。黎明大雪，山顶的温度忽然降低，火也熄了，周身直冷得发战。

天明先踏雪游西台，经一条朽木桥，朽木不可雕，现在能够造桥，可见废物也能利用。在西台上可以望到玲秀的灵龟台。回来吃了早饭，曲折的山脊引我们到南台，在峥嵘寺后边，俯瞰着蜿蜒的泾水，伸展入群峰之间，就是“水经注”所称的泾水之源了。

峥嵘寺的碑文上，有一段描写五台：“南台峥嵘，东台峭拔，西台秀起，北台邃奇，以及凤领纡妍，各具一瓣，捧莲蕊于中台。”可说是为五台风景恰当的写照。

回头由老道领着上高峰——皇城，峰顶是明朝韩国藩王出家学道处，备有一圈城墙，所以叫皇城。穿过朝天门，径窄而巉,雪还在下,慈悲的道人在前面替我们扫雪开路。穿过两所道观，石级陡立在坡坨峻峭的巉岩上，扶着铁链攀上去，积雪溜滑，累出我们一身大汗。壁上刻“黄帝问道处”五个大字，是纪元前二十世纪，轩辕问道于广成子的地方。

当时问道的答话“庄子”上有一篇记载：“广成子居崆峒山石室之中,黄帝问而造焉,曰:我闻我子达于至道,而敢问至道之要？广成子曰：治天下云不族而雨，木不待黄而落，奚足以语至道哉。黄帝退筑特室，席白茅闲居三月，复往见之。广成子南首而卧，黄帝从下风膝行而前，再拜请问，治身奈何而可以长久？广成子蹷然起曰，善哉问乎！至道之精，窈窈冥冥，至道之极，昏昏默默，无视无听，抱神以静，形将自正，必静必清，毋劳汝形，毋摇汝精，乃可长生。慎内闭外，多知为败，我守其一，以处其和，故千二百岁而我形未尝衰。得我道者上为皇，失我道者下为土。我将去汝，入无穷之门，以游无极之野，与日月参光，与天地为常，人其尽逝，我独存矣。”

再上去铁链尽了，转过亭子，山坡斜平些。岩角上有一所磨针殿，下临磨针崖，是铁尺磨绣针，点化世人的地方。上去拐了几个弯,就进太和宫,道士迎在客楼上饮茶。此地是韩王学道之所，佛像庙宇都比下面保护得完整。

休息了一下，在山顶上又逛了一圈，后面的高峰笄头山,独立在风雪中。雷声峰俯伏在下面。五台像一幅图画,铺展在太和宫的窗前。

时间又不早了，赶紧下去，平凉的驻军派了十几匹马来接，骑马下山，路中积雪很深，马蹄有失足之虞，遇到陡的山径，还要下骑步行。山下气温高，没有一片雪的痕迹。赶回平凉，已经日落崦嵫。

兰州一瞥

一月九日过六盘山，宿静宁，明天天没有亮就上车，过第二个大山——华家岭，山比六盘山峻险，汽车开上山费力，尤其是结了坚冰的冬天，轮子上捆起铁链，以防溜滑。岭脊的巉坡上，前天有一辆汽车倾覆在岩下，今天整日的消磨在山中，见到太阳在东山上升，和西山下隐没。到定西天已经黑暗了二小时。

十一日午后驶进兰州，完成七五三公里的行程。专使的行署布置在萃英门外民生工厂，我在兰州住了十二天。

兰州是全国的中心，新疆，青海，宁夏，三省商业散集的咽喉。它在黄河的南岸，南北有皋兰山北塔山前后夹峙，所以形势险要，在历史上它是西北最重要的地方。

环城十四里，拔海一五五〇公尺，全县人口廿余万。城中很热闹，缠回，西番，蒙古人在街上多能见到。

商业是甘肃全省的总汇，每年输出的以兰州水烟为第一位，约一万八千多担，价值二百余万元。其次皮毛，药材等每年出口货的总值约三百余万元。输入的，以什货，茶，布，纸，烟，为最多，总额约五百余万元。

工业兰州才由手工业进化到机器工业的萌芽时代，虽

汉代帝都遗迹。

有制造局，电灯厂，等设备，但是多不足道，只有火柴公司所出的火柴，还可以抗衡外来。

全县农田约四十万亩，农民七万二千户，农产以兰烟最多，每年出一千余吨。其次什粮，棉花，瓜果的产量也很富，最著名的是西瓜和梨子。

行署前面的甘肃学院，是皋兰全县或甘肃全省的最高学府。其次中学有一所，师范男女各一所，小学全县有八十九所。社会教育有图书馆，民众教育馆等设备，但是藏书多是古书，科学的书籍太贫乏。

我在到的第三天，去游当地的名胜五泉山，现在我们的仪仗队都驻扎在此地，山上的五泉：掬目，摩子，甘露，营，惠；有的枯涸了，有的冰冻了，相传泉水是霍去病战匈奴，鞭惠山下，泉遂流出。坡上庙宇连接，五龙宫，千佛阁，嘛呢寺，大雄殿，金刚殿，直排上半山。但是冬天不是游览的季节，所以走了半天，空屋中不见一个人影。下来走西龙口，树木扶疏，预备照相，被碎石子从坡上滑跌下来，几乎擦破了手掌。

第四天到黄河边上去闲游，河中冻成坚厚的冰坂，河滨的大水车，巨轮被胶住了，不能旋转，冰上凿了孔，挑水的人很多。前面是大铁桥，形式很像上海外白渡桥，桥上来往的牲畜大车很多，隆隆的声响，鼓噪得很热闹，铁条也轧轧的在晃动。似乎告诉行人，赶快替它修理，否则它的寿命不长了。穿桥过河，桥头上一块石碑，载着它的历史：距今廿八年以前，黄河上的交通，夏季搭浮桥，冬季走冰上。因为商旅的辐辏，军马的频繁，所以时常发生危险。以前左宗棠就有造铁桥的意见，但是价格不合而罢。

骠骑大将军霍去病墓。

后来有德商泰来银行大班喀佑斯经此，愿意建设这座大铁桥，就订立合同；在光绪三十三年二月间动工，宣统元年六月完成，造价三十余万两。

过桥向东没有几步，有二根铁柱，是以前搭浮桥扎铁索的地方。

上山就是北塔山，十个阎王殿层层相叠，像石级一样。后面一所庙宇，是白塔禅院。瘦削的塔子，耸立在山尖，瞰视着兰州的市街，和黄河的坚冰。

后来又得到机会，去参观文庙淳化阁的碑帖。中山市场普照寺的唐代画壁。民众教育馆古庄严寺的三绝：一，塑绝，正殿中生动的释迦佛像。二，画绝，吴道子在后壁上画的大幅观音像。三，写绝，元李溥光写的“敕大庄严禅院”匾额，磅礴遒劲，直逼颜鲁公。这都是兰州有价值的文物。

青海人的新年

专使行署在兰州筹备入藏，有长时间的耽搁，我预备到青海去过阴历年。

元月二十一日我和柯先生带了二箱随身行李，爬上开西宁的汽车，横七竖八和几个乘客挤在一起。呜呜汽车开动了，过黄河桥，沿山岗向西北驰去，后面的兰州城一瞬间就消灭。

我们在零下七度中兜风，耳鼻吹得很疼痛。一小时以后，车子驶进红岩夹峙的山岗，罗马古城式的岩层，显露着雄壮美丽的风格。

当夜到永登，这在兰州的西北部，正和兰州西宁成一个三角形；因为甘青公路没有修成，所以绕这样的大湾。

晚上住在回教店中，我们吃带来的腊羊肉，店家几乎误会我们吃那违禁的猪肉。

翌晨驶过庄浪，大通二河的水坂。登上峻险著名的牛站山，高大的山坡阻挡我们下车，步行了三里，进入青海乐都的地界。第二天晚上，宿在高庙子。

“汽车中途没有发生障碍”，乘客们互相在道喜。今天正是阴历的年夜，穿过大峡小峡两个山隘，午后一时就进了西宁，街上的人们，购鱼买肉忙着过年。

除夕的晚上，爆竹放得很热闹，我们在东关天成店中，决定了赴互助的计划。“恭喜发财”，先去向土人拜年。

元旦的朝暾，映在雪后的一条山径上，引着两匹骡子拖的大车直向山谷里奔跑，午后二时拉进贴满红纸春联的城圈中。

县长马师援，晚上备了欢迎的酒席。招待我们。

第二天赴塘巴堡，离城西北不过三里；穿鲜红新衣的土女在二根木柱的架上荡秋千；我们隔墙去参观时，羞得她们多避开了。

村中的红牌——村长，知道我们来，特别出门来招待。我就请这位年老的红牌，去约几个土人来照相；三个男的，二个女的，隔了半个钟点才姗姗而来。

男子多穿棉的或皮的，朴实的长袍，女子一律五色鲜明的外衣，绣花鞋，簸箕形的帽冠，红的须头，在额前随风飘拂。我展开了照相机，把她们多羞得低头去弄衣角。

晚上在红牌家里的土坑上过了一夜。初三的早晨，土人的院中煨烧香烟，求天赐福。中午的时间，男子们围坐在庄院中，传杯欢唱——道喇。小孩子们聚在院角里，拍线球，踢毽子。妇女们在秋千上飘荡。各得其乐的玩着，格格的笑声，呀呀的歌声，在他们各个集团中间散布出来。我把昨天的照片洗晒给他们，大家看到自己的貌相，更增加他们的快乐，所以今天妇女照相的姿态就大方了。

夕阳中我们重归互助。初四日进东首五十里的桑思格，这里的土风更比较纯粹，语言全用土语，官话只有少数人会讲。女子的头饰；有尖形的尖尖头——三叉头，圆形的烧饼头——干粮头。

我们住在土司李承勳家里，他在第二天饭后找来很多的土人，在场院中道喇，表示着欢迎。这里的道喇，有歌有舞，和西康的跳锅装一般，男女联在一起，情节很紧张有趣。

到桑思格以后，我们天天浸沉在歌舞的场合中。因为土人新年的风俗，从元旦到元宵半个月间，停止了他们一切的工作，而从事于娱乐。拍球踢毽是白天的玩

咸阳城之朝。

意。晚上才开始他们的道喇，料峭的寒风，森森的白杨，燃起一堆野火，一群男女环手跳跃唱乐。参加歌舞的土人，多数是未婚的青年男女，因为社交的公开，所以他们和她们都趁着新年的佳会，大家追求心爱伴侣。演出的喜剧，因此也愈加精彩。

参加的女主角，大半是戴天头而未嫁的姑娘——阿姑，在黑暗中和男人们拥着，抱着，调笑着，耳语着，毫无避人的羞态。他们常唱的一只歌名 Slon Kua Nyo，很婉转动听，词句完全土音，大致就是调情的山歌。

初八是他们的喇嘛寺——佑宁寺，跳神的一天，喇嘛们化装了牛神，羊神，鹿神，骡子天王等，出来跳舞，摇头摆尾，做出很多狰狞滑稽的运作。同时又用馍馍，酥酒，糌粑等布施于贫民。今天各地赶来看会的土人很多。

我们看过了跳神，初九就动身回西宁。

青海骑兵的马术

初十——二月二日午后重返了西宁。三日早上，马子香军长很热诚的派王处长乾三来昆仑旅社招待我们。同时约我在明早去参观骑兵的表演。

这是很难得的机会，四日早上一辆轿车拉我们进东关外的大校场，这里是第一百师军营的驻在地，四围是土墙，中间下了很多白色的帐房，夹道新栽两行苗条的白杨，我们先被邀在旅部帐房中休息，青海的军队多数过帐房生活，所以他们的旅部也不过是一个小小的白帐房。

我们在此地很幸运，会到一位年在花甲的老英雄——马彪旅长。他于二十一年康藏纠纷中被藏兵围困在玉树（青海新县在康藏边界）二月，结果他得到西宁的援兵，突围而出，领数百骑击退藏兵数千人，于是连战皆捷，敌人丧胆，终于藏兵被击出青海的界线，而促康藏的纠纷早日解决。虽然这样变相的内战，胜亦不足以谓荣，但是他和青军的勇敢善战，而使康藏纠纷不致蔓延，亦功不可没。尤其在非常时期的今日，为国家出力而不怕死的英雄，都值得我们钦佩。我们在他慷爽的谈话中，知道他是一位勇敢而富胆略的人物。

帐房中坐了一回，王处长和他领我们先去参观埋锅造饭，土槽喂马，士兵们生火抱草等，忙碌一阵，我照了几

阿房宫故址。

张相片。

随后进大校场看马术，表演的骑兵都穿白色的运动衣，总数有一排几十个人。起首几个手里都拿一杆红缨的标枪，马驰开了，他们放脱缰绳，掉动花枪，向左右前后刺击他们的假想敌，马奔得快，枪掉得急。随后几个空手的骑兵，马如飞箭的在我们眼前跑过，他们忽然离了马鞍，踡伏在左镫上面，我们从右面望过去，只见到空马飞奔，没有看见一些人影。接着又是几个骑兵绝尘而来，忽然在高速度的奔跑中，他们都扬开了手，仰卧在马背上，头部枕着马尾，颠动着，像战场上拖来的尸首。迷茫的尘幕中，又冲出五匹白马，每个马背上都倒立了一个士兵。继着六匹枣骝，四蹄如飞的追在白马后面，一瞬间从镫上倒卧下来，伸手在地上拾取石块。这样一幕一幕惊心荡魄的马术，表演过去，最后背明火枪的十几个骑兵，跃马飞来，取枪在手，加药装弹，在剧烈的颠簸中，燃火绳，引药线，举枪发射，坪坪坪一阵枪声，马的影子就在浓烟中消灭。

王处长告诉我们，第一幕的马术名字叫“马上刺矛”，二，“镫里藏身”，三，“马上仰卧”，四，“马上倒立”，五，“马上拾石”，六，“马上打枪”。这都是刺击敌人，或隐蔽敌人，炫惑敌人的骑术。是清海骑兵的特殊训练。

我们在十一时收拾了镜箱，从空气紧张的校场中退了出来。对于他们的骑术，我们感觉相当的满意，因为西陲荒茫的边疆上，需要着驰骋迅速骑术娴熟的军人，来负起守护藩篱的责任。

青海军之骑术

THE CHINGHAI CAVALRT CIVES A SHOW

（庄学本摄）

当记者抵青海西宁时，曾参观当地驻军的骑术，表演的情形，已详述于上期本志《从西京到青海》一文中了。表演的是马子香军长所属的骑兵，都受过特殊训练的。兹以摄影所得，介绍读者。上方是表演的状况，他们将各种马术叫做“马上倒立”、“镫裹藏身”、“马上仰卧”、“马上拾石”、“马上刺子”等。这些马术似乎侧重于个人技巧，而守古法，但可见其训练之精，求诸国内骑兵不可多得。下方几幅他们的生活照片，更见青海军人的刻苦耐劳。在西陲荒漠的边强上，我们正需要这种军人的。

Acrobatics on horseback.

马背上倒立的惊人骑术。

Slipping on the side to avoid detection.

踡伏鞍下以避敌人目标。

Lying on the saddle.
侧卧鞍旁安稳如常。

shooting from one side of the saddle.
鞍侧发弹骑兵战术。

Feigning death to fool the enemy.
马上仰卧佯作战死之诱敌策。

Hanging on the saddle like this is an accomplished feat.
横倒马背状如负尸。

Picking up things from horseback.
疾驰中拾物之奇能。

Galloping.
驰马如飞青军绝技。

Shooting while galloping.
马上发枪准确竖立马上。

Galloping without holding the reins.
执枪疾驰不用带缰。

Attacking an imaginable enemy with a spear.
马上枪法有古武士之风。

A spear is indispensable when fighting at close range.
马上刺矛为骑兵白刃相接时应用。

Camping life of the eavalrymen.
广漠的原野中青海军人之营幕生活。

Feeding the horses.
青海骑兵之牧马生涯。

General Ma Pu-Feng, Commander.
青海军事领袖马步芳将军之影。

The cavalry on their way to maneuver.
浩浩荡荡，青海骑兵出发操演。

青海妇女与头饰

THE CHING HAI WOMEN AND THEIR HEAD WEAR

（庄学本摄）

Girls under it, with a piece of red cloth on their queues that tells the fact that they are not yet ready for any romances.

青海未戴之天头的处女发辫上缀以红布，钉海螺壳数枚。

Young girls in Chinghai who reach the age of 15, can tie their queues together, as shown in the above two photos and are permitted to go after their lovers.

青海妇女到了十五岁，未嫁，向父母参拜后将两辫相结，叫做戴天头，即称阿姑，从此便可公开寻求恋爱对象。上二图为阿姑之头式与所谓戴天头。

A peculiar head wear at the married woman.
塘巴堡一带已婚女子所藏的装饰称簸箕头。

The fork-like coiffure of a native woman.
桑息格地方妇女发饰，伞插脑后成三叉，故名三叉头。

Another bead wear of the native women.
红崖子沟已婚妇女的发饰称干粮头，干粮头有数种，此其一。

A typical hair dress of a married woman.
已婚妇女发式之一种，脑后装饰如扇，有西班牙之风。

The bamboo het, as worn by the native woman.
青海土女夏日所载竹制凉帽，与近今巴黎最时髦者无异。

Women offer their prayers by going round a temple with a "Bible".
妇女闲暇之时，赴寺院背经书绕寺而转，谓之转经，意即祈祷。

Carrying water on their backs is another daily chore of the native wife.
背水工作，多由女子任之，背时成群结队，且行且歌，歌声清脆。

The Chinghai woman is a hard wording woman. They have to make their own clothes (left) and pick up wastes for feel on the fields (below).

下：青海女子持家外并事庄家畜牧，牧时背竹筐，为拾牛粪之用，因该地习惯多以牛粪作燃料。虽废物亦不使其弃于地也。左：土女闲时晒太阳缝衣服。

从兰州到拉卜愣

在唐汪川

“专使行署”最近得到青海班禅大师定于五月十八日离开塔尔寺，向拉卜楞进发的消息。

同日“专使行署”也离开了兰州，向拉卜楞前进，以便和班禅大师在该处会合。

这次我们很热闹，同行的官兵有八九十人，骡马三百多匹。向南一路全是高岗，三十里到蒋家湾。出村登二七三〇公尺的何家山。上坡的时候我骑的骡子发性跳起

Tents of the farming tribesmen west of Lapoleng.
拉卜楞以西庄稼居居的帐幕生活。

来，险些给它绊下山去。岭上桃花李花开了很多，红白相间，美丽脱俗；回首从花丛中可以望见黄河和皋兰山。下山出沟到达有居民卅家的镇市墁坪；这是我们规定的宿地。有现成的夜饭菜，大家吃了就睡。

昨天走八十里，今天预备再走八十里，赶锁南壩。所以早上起身号吹得很早，五点三刻就起身走。夜雨初晴，空气特别新鲜，晨曦照着路畔的野花，就领略到早起赶路的爽快。二十里至唐汪川，和牲口挤上木船，渡到南岸。

这时后面传来一个不好的消息，李秘书在山坡上坠马，伤势很重，命令今天歇唐汪川。这是出乎意料的，大家就到小镇上自己寻住房。下午李秘书在行军床上抬回来，跌伤了脑壳，昏迷不醒，赶紧派人回兰州去请医生，大家就闲住下来。候了两天医生还没有来，一位石庶务在前面山上也坠马下来，跌伤了脑袋，得讯以后四名卫士用床又去抬了回来，神智也不清醒。连日坠马，一时大家都恐慌起来。

The two-storied house of a farmer. The ground story is for the live stock, second story for the family while on the roof is stored their agricultural products.
农家住院下层关牲畜中层人居而上层为堆庄稼之用。

在唐汪川闲住着没事，到乡里去走走，这里是著名出杏子的地方，所以树林茂密，沟洫纵横，风景很幽菁。有几家门前的牡丹正在开放。田里是农忙的季节，许多小足的妇女都下田拔草，双膝跪在湿地上，头上戴了大草帽，左手抱儿，右手耘草，情况很可怜。

水利很发达，河边有五艘船磨，泊在中流。从一条长跳板上过去，两舷有两个方轮随着流水转动。舱里有一具磨床，昼夜能磨出两担白面。

本地原名唐家川，后来有汪家从四川移来，故称唐汪川。现在镇西都姓唐，镇东全姓汪，共五百户，都信回教；早晚能听到阿訇在房顶上号召礼拜的经声，镇上有四个清真寺，老教和新教都有。居民的装束，男子都戴白色的平顶帽，女子戴绿色或黑色的盖头。人民的宗教思想很真诚，一个卫士借他们锅子误煮了大肉——猪肉，回头主人就把锅子打碎了。

田边都是坟冢，每一个墓地上面有一具石棺，头上刻着回文，尸首另葬在石棺底下的土圹中，墓上堆几块花石子。冢地的旁边有一所四角亭，这是有名望的阿訇的“工

Homeward bound with their wheat.
河谷温暖之地，多种稞麦，春下种而秋收，稞麦背负归来，途中清歌呕哑不以为劳。

彭”——祠堂，里面也置有一具石棺。

村人都是农耕为业，少数在镇上开店铺，做小买卖。农家每家养十几个大尾巴羊，此地有专门放羊的牧童；每天早上发出奇特的信号，召集全村的羊子；信号器是一只雕空的牛角，上面包一块红布，贴几张卷烟中的画片，背在腰间；清早时呜呜一吹，各家的羊子夺门而出，在路上集合了，随着他上山去。

候了已经三天，闷得慌，和马参赞史秘书等，到树荫底下，坐在沟边洗足。晚上回来，兰州的医生已经赶到。病人留在后面，明天准定出发。

河州道上

二十二日向镇南把出发，早上一出门就上牛形山，山势险恶，大家谨慎从事，骑马绕远十里，从大道上登山。沿山脊西南行，阳光剧烈，晒得人困马乏。路中没有尖站，随便喝一些冷茶，吃几个芋头。山路曲折，六十里到达高二四五〇公尺的镇南把，这里远在山岭上，所以夜间凉气侵骨。

A woman carrying an enormous gathering of "green wheats."
青稞之收割。

镇南把附近的人民全是蒙古族的回教徒，通称为“东乡人”据说是元代的遗民，他们

Tribesmen digging ditches in the valleys to prevent floods.
受山洪之教训渐知水利，临山口处现多开筑新渠，以杜水患。

通行的东乡语，还有蒙古音。如

天Asma	地Thevi	人Quen	由Wunga
水Wusu	田Tuenka	风Ke	雨Wula
雪Tsoson	牛Fuka	马Moli	羊Kunge
男Nuantsan	女Bili	是Tsalao	不是Wogatasi
有Son	没有Toson	好Goway	不好Gowaywoga

用东乡语的人口现在有数千户，都散居在山上，占面积六十里。秉性强悍，单身客人走这条路很要小心，过去西北军在此地曾受过他们的捣乱。

夜间大雨，早上还不停；今天可以到河州，大家都想早些起程。雨到十二点钟停了，踏着泥浆西行，二十里望见河州的平把，绿荫满地。下坂五里，人马都在烂泥中滑冰，累出一身大汗。到达平坝，人烟渐渐的稠密，路边田陇里时常唱出婉转的调声，一路听着很高兴。

脚夫中也有几个能唱的，我跟他们学了几首。河州的山调是出名的，很能迎合低级趣味，可惟有的太淫了些，我选学的：

平贵返窑的十八年，武家坡挑柴的宝钗，光阴恰好似打枪的板，吹老了英雄的少年！

香子（麝的土名）吃草的万寡岩，（万丈的高岩）凤凰展翅下来。扎下的枕头做下的鞋，缝下的袜子你取来。

天上云彩黑下了—地上的点儿下大了—想起尕（小音加）姐妹的苦下了—记起你说下的话了！

河州沿路都有人欢迎，进城住在县商会，城中街道很整齐，商业很繁荣，市面不亚于西宁。

A farmer's wife churning cream.
该地居民以牛乳制酪称打酥油，为农家自制食品。

现在河州改名临夏，为西北回教的发祥地；教民很多，礼拜寺都在南关，规模建筑很伟大。我们在路上时常见到田中耕作的回民，到礼拜的时间听着远处阿訇的呼声，他们抛了犁锄，站在田边，朝西肃立，诵经，礼拜，功课做举，再下田工作。

据说河州的风水很好，地灵人杰，大人物出了很多，现在的马麟马步芳马鸿逵马鸿宾马步青马仲英都是河州人。

农　业

河州并没有耽搁，廿四日早起就南行，遇双城，溯大夏河进山，一路青山夹峙，水声聒耳。六十里出雄险的土门关，此地是交界的地方，关外已入拉卜楞境界，渐渐见到当地人的村落。今天八十里很长，天黑了还在路上摸索，到清水已经八点钟。这里的女子眉心中刺有五点∷蓝记，是否有纹身的风俗，可惜不及深究了。

第二天在细雨中出发，山尖上正在下雪，大家都披了皮衣上马。一路都是乱草什树，山径也很陡峭，二十里路宽，田舍也比较稠密起来。这里也有汉人在种田，他们都从山外避乱进来的。午后遇到拉卜楞欢迎的人员，当夜招待宿沙沟寺喇嘛庙中。

廿六日清早随着欢迎人员西进，今天只有六十里路程，新店子打了尖，下午三点钟就到马连滩。滩上拉卜楞保安司令黄正清下了两个白帐房在欢迎，同时又带了几百名士兵，我们在帐房里休息一下，随着士兵的队伍开进拉卜楞。市中人要看中

A woman harvesting.
收获而归。

央来的官员，所以万人空巷。

我们驻在拉卜楞寺，寺在大夏河边，山环水带，风景非常秀丽。寺东一条中山街番名“他哇”是商业区；这里有夏河县政府，拉卜楞完全是宗教区城，寺上有三千六百名喇嘛，附近有几百户番民，他们都受活佛嘉木样所统治。

这里是一片河谷，地势高二八九〇公尺，气候比较温暖，因此当地人都从事半耕半牧生活。他们的住宅都是矮小的土房，有的有楼，内部一坑一灶，陈设很简单；屋顶都是平的，在收获庄稼时可以做农场，房子外面都有一转土墙，晚上便关放牛羊。

下田操作是女子的职务，自下种至收割都是妇女们的事。只有下种前的耕田是由男子帮她们做的，虽然操作很劳苦，但是她们内心很快乐，收获的时候，常常听到她们的清调。

农产品只有小豆青稞麦子三种，春季下种，秋季收获，每年的产额各一千石左右，还不足以自给。

他们农业知识很低，还不知道沟渠之利，这次雨季中山洪暴发，临山口的田中冲去了几十亩青稞。

夏天多冰雹，庄稼常给打坏，当地人迷信有雹神作祟，每当夏天请“本本子”——红教僧人作法，挡雹灾。

拉卜楞农田面积极小，往西二十里就不种庄稼，没有土房。

各部族的妆束

我们驻了几天，班禅也从塔尔寺来了。连日到寺上朝拜的人很多，同时寺中又请班禅举行“时轮金刚法会”，各地的人都带了帐房赶来听经。金刚法会从七月四日起，至七月廿一日止，一共举行了十八天，远近的人聚集了二三万，川边青海的人都到齐了。

五光十色最使人注目的是他们妇女各种奇异的装束，每一种装束足以代表他们每一个部落。

拉卜楞妇女在会中最多，她们头上梳了几百根小辫子。比较显著的是她们的辫套，从腰以下缝上五十个铜圆，富的用银盾和银元。一般贵属这几天更打扮，颈中挂珊瑚珠练；河南亲王夫人，珠练之下再加一个“金告鸟”：——经盒，联两条金龙，拖着一缕五色丝线，直挂到脚尖；她全身的装饰传说值五六万元。

俄洛康色尔部落的会长也来参加，他的夫人是嘉木样的姐姐，她戴着俄洛贵属女子的宝冠，顶上七八个大琥珀，两鬓垂下许多珊瑚珠练，额前束一块琥珀珊瑚串成图案形的珠牌，红黄相映，更显得端庄华贵。

松潘的人也有一批赶来参加，她们的头饰更特殊，满头全是苹果形的琥珀，额前再绕几转嘛呢珠般的珊瑚珠练。耳坠很讲究，嵌着粉红色的珊瑚珠，下垂两肩。

比较最简单的是青海保安的女子，背后辫套上只有一个银饰。但是她们的服装很特色，短皮袄，红袴子，袴管很大，在不穿袴著名的番族中，这是一种罕见的奇迹。

辫套装饰最笨重的，也是青海的女子，隆务族的背后很像带着一个本枷。辫梢上挂一根三尺长的木板，上面钉七个银盾，下面瓢五条红带，红带上再钉四个银盾，会中挤来攘往的人太多了，愈显得她们背饰笨重的吃亏。

岷县靠近此地，卓尼族来得更多，她们多数衣服褴褛，戴着大耳环，辫子分成三股，上面密缀着长条的铜珠。同时又发现另一种特殊的头饰，发上束八个黄铜的圆盾，背后挽一个发髻，髻上插一个烧饼形的银饰，耳环是二只银钩，圆形的坠珠，直挂在胸前，颈中衣领上别一支银花的别针，很玲珑而美观。

西康的女子也有赶来听经的，她们都梳一根大辫子，腰间束一片花布裙。而里塘的妇女就特殊了，贵属的太太们在头的左右两角覆两个圆的金盾。

各族的男子到的也很多，但是他们的服饰上并没有显著的分别。

Husband and wife working on the field.
该地耕作男女皆任之。

牯岭游记

海　戈

（高学涵摄影）

黄 龙 潭

晨，学涵来喊，以昨日（七月九日）上山，舟车劳顿，遂睡得极香，漫应之，起床已逾十一点钟。两腿作怪，能走和坐，而不可立，但游兴甚浓，饭后，便邀学涵于小袁出去，最初目的地，是赴仙人洞。上街买得照相片后，复至商务书馆购增订庐山指南一册，便顺着山路而下，直指黄龙潭。

“黄龙寺在牯岭南八里，潭在其下半里，”指南上虽这样写着，但我们沿途仍得问人。从牯岭正街下去，是中路，在前归外人管理，现改为特区。多警察，颇尽职。沿溪行，偶见一松，喜其蓬勃，我坐其下石上，临泉水，学涵为摄一影。更前行，路道渐新，路牌有式辉路三字，当是江西省主席所新筑。巡山腰而下，约五里许，至交庐桥，桥下瀑布，虽小而曲。桥侧大石，有刻字：

“由芦林至牯岭，唯此路较平，但此路间横流，往来多阻。丙寅夏，余在山养病，乃乞石于刘子成禹，建桥以利交通。桥成，林君之夏题名，为交庐桥。去秋洪水暴发，桥圮，兹经黄龙寺主持青松重修，行人称便焉。——民闽十七年夏闽侯林森志”。

文不甚浏亮，言“丙寅”，“十七年”，“洪水”“刘子”，“林

舍身崖

仙人洞

君”，均待斟酌。但使我们知道这桥的历史，也是好的。过桥路数折而下，俯视，忽得黑瓦屋，眼光一新，诚适宜于此松杉丛植之处。惜来回均未入寺，以同游人究非同志也。

从寺前石级下，首见一大娑罗树，绕以木栏。如以人围之，非四人莫办。下一坡，尚有一株，略小，均高十余丈，皮作紫绛色，纹理细密，出枝极高。而细叶四垂，遮尽赤日，为我仅见之大木，平中老柏不逊。可爱已极，隔栏摩挲久之，惜腿痛，不能遥立，以观全豹。树旁尚有一木，土人云是柏果，亦大，然比于娑罗，则嫌其矫操作态矣。树下石有字，刻：

晋僧昙诜手植娑罗宝树，已未七月长沙……许是清末的人干的罢。另刻一诗：

“溪声十里竺舆路，人影一潭水石风。喷雪飘珠寒赤日，清樱濯足侣黄龙。枝桠不老前朝树，呵护犹须后世功。羊叔登临风日在，山花残放石榴红。”

此诗似从下而上，溪声十里，

是直听到黄龙潭光景。虽不佳，亦是写实。惟石榴，曾留心，沿途不见，想是时间不对。作者，似为川人。

舍身崖盘松

再下，路更曲，树石亦更妙。惜石上题字，不见佳者。又多佛家语，游山本是高兴而来，一定要劝人做和尚，颇嫌近宣传性质，稍杀风景。丛阴中，就崖石刻“降龙”两大字，下款为大明王士昌。想是以此恫制“黄龙”或“乌龙”，“神龙”之意。

乌龙潭瀑布

我们从上而下，沿路的溪流，均汇于此，下去共有三潭，黄龙潭最近。我因足痛，扶杖而行，渐落后。小袁与学涵皆前进，欲趁日光摄影。我竟冒潭而过。道经乌龙潭，两潭皆隐在山谷中，不可见，而溪流夹行路侧，细审铺路石色，及石滩色，均有异：大抵从“黄龙”下者，石色黄，中且多杂色纹；乌龙潭石白而带黑，其取名或由此。渐行，指路牌已变为“神龙宫故址”字样。

夏天的花朵

（张印泉摄）

荷

睡莲

左右阅无人，日光挂两峰巅，惧失道，但为佳景，想其下或有大瀑。竟前行。越二岭，翻下至深谷，得一桥，跨两山腰，抚栏望神龙潭之瀑。水分两三股，奔腾而下，阻于碎石，溅珠洒玉，不可方测。惜山中晴过久，山水未发，瀑不甚肥，雨时当更好看。盖桥前乱石嶙峋，足增水势。过桥，拾级行，是上天池路。疑远，不可归，遂折回下潭路，欲寻“龙宫故址”。侧脚步草石径，极纡徐，似有兽迹，久而无路。时有枯藤碍挂衣履，无法可下，乃踏乱石，返潭前，卧大石上。一时潭声淙淙，云天幻化，两山对峙，如为我作床柱，心荡然者久之！极捧潭水饮，甜而凉，较在汉市挥扇喝“四瓜四”之乐远甚。汗止，复返寻乌龙潭，忽逢小袁跳乱石间，亦忍痛随之而跳。将至潭，遇数洋女人，在那儿赤身洗澡，不耐观。上黄龙潭坐焉。潭在暗谷中，仅侧有一长瀑，其下得广约二丈的空地承之，遂汇成潭。沙松石滑，深浅莫明。加以终日不见阳光，故水凉如冰。莫敢在此游泳。喜其洁，又饮数捧，神志顿清，几欲仰卧石上，小袁数促始行。归途中遇林森先生。闲人云：主席住芦林山上，任何人皆可谒见。

芦　林

百合

凌霄

阅庐山指南，始知昨天应从御碑亭、天池而经黄龙潭，反牯岭，则异常顺路，而合于所谓之“山北之一日游程”，然这样伟大的一个山头，如能得每日专游一处，亦妙。

昨晚睡得极熟，晨仍迟起。细审住处，是新辟，地不甚佳，无泉水，无树木，荒土极多。且落起中央，不高，亦不太低，日落日出均不见。据主人子说，“斜对为双剑峰，常插云中，高不可上。”我想如有伴侣，定当努力登之。

以前日上山，露膝卧轿中，被晒得发紫，色极好看。但嫌熬不着痛，且大发烧。连用万金油搽上，亦不待其愈否，便随主人子去芦林。仍走去黄龙寺路，中途折上山，越猴子岭。道旁有碑，刻“吼虎岭”，小注谓：

“此地俗作猴子岭，非也。相传有饿

野菊

虎觅食，吼于此穴，故名吼虎岭。”寻其左右，实无穴，且既“非也，”当有所考，而下文接“相传”；但“猴子”的名称，或是人行坡上，背愈佝偻，有如猴子爬山的样子，未见得完全“非也”。我常说，凡风景名胜，非亲自去领会，不容易明白。刻碑不可靠，志书、指南等类，尤不可靠。

坡间，遇巡警，指左侧一高山，半面光秃，似无草木，问其名，说是日照峰。

下岭已至芦林，一带树木极盛，但未见芦草。只见一大游泳池，系就地筑成，狭长，形如目字，无中间二笔。水浅处皆昏，深处却绿得可爱，是储山溪水而成者。以要门票二角，我不会游，遂不进去。倚篱而看，池中倒不少男女。有镌龙虎纹于长手臂之大块头，方左拥右抱，载沉载浮，兴胜范蠡，但不与人以美观。

回首看日照峰；已起白云，遮其顶，如国画山水的染远山法，上浓下淡。疑古人便从此等处学来。于芦林前，山下有人家，炊烟浓浓出，上接自岫中来云，渐混成一块。不识是烟是雾，而烈日在这边，丛山中另有春光闪闪，顿忆数年前曾读 Irving 的“Rip Van Winkle”，文中数写山色，绝类今日，我亦将大梦于此耶？

仙人洞

以一钟许，独去仙人洞。连日晴甚，竟郁热，如非有佳景，真不欲出门户。主人谓为山中卅年来未有的气候，盖已达八十五度有奇。

宅前石下，入大林路，路以大林寺名。而一带却乏大木，或皆毁于太平天国的时代。里许，过庐山管理局，门前木盒中，有示，“六月二十五六日，在莲花洞，曾获共产嫌疑数名，处以枪毙，”可见山游，亦大不易！

不远就走到大林寺，门前一额，太虚法师手书。且闻数年前，世界佛教会曾开会于此，想其中定有可观，入门，左一列洋房，似新造，疑非出家人所居住。数步即上正殿，三楹而止。侧横卧室，府房四五间，都异常窄小。左右无丛林大山，趣味更乏。有知客僧坐殿前，满脸市侩气。问其主持，说“是太虚法师。”问何时来？答以“礼拜十四。”问来时住哪里？他便用手指那一列洋房，问对面是什么山？他告诉我，“那是汪精卫的香炉峰。”遂不敢再问。记得五年前，太虚曾在

玉簪

我校讲唯识论之世界思潮观，引证中外，拉扯古今，宜其弟子应有学识，不期所遇如此！而其避暑的地方又如此！

无可留连，穿三育社所筑游泳池，值正事修理。从其侧门出，经天桥路旁，拟返时再去。直下，忽见路侧石坊上，题“花径”二字，并刻“白乐天咏桃花处”，而其附近，巍然一洋房，有石署“乐天别墅”，前者不知何所据，后者敢决其非白氏后人。再前行，路中筑一亭，曰“息肩”，是便于山下苦力，担柴米来牯岭，于此得稍避日光而设的。这是有钱人多做善举的意思。我无肩可歇。从亭右弯，上对山为御碑亭，想先到仙人洞。

路沿崖边开辟，宽仅二三尺，所在山石皆奇。至此已是庐山西北端，先观一石横插山腹，上且有刻字，字不佳，而刻工颇难。一小松从石缝间出，与石成上字形，画中小品也。

洞在大殿下，崖中空，如猪嘴大张，下颚乃叠石而成。致洞中甚宽敞，本名为佛手崖，亦像。洞不甚深，中筑石台座，供吕纯阳像二，一楚石刻，无甚艺术价值。座后，便是洞底。两旁皆有洼地，以储崖上石隙中渗滴之水。围石栏，如小池，栏上刻“琼浆”二字。道人以竹筒做长勺，可舀而饮，极凉，但不如神龙潭水那样甜得好吃。游者谈往年水深可及栏边，今年仅数寸深。可见此山亦遭亢旱，如再晴下去，万一水源干涸，大家都避不成暑了。四顾石壁，遍刻字句，乱七八糟，令人愈看愈生气。又有三四摩登少妇，横陈洞底，如欲于此渡夜。洞口日光甚烈，不可坐。乃舍而探访仙亭。又见林主席题竹林寺三字，刻崖间，但为有名无寺。不能寻其寺址。突有一亭筑山嘴，洋气逼人，名观妙，且有联刻石柱上，却不很妙。因访仙亭已入目，遂先去，路更曲更狭，至亭而止，得丈余阔隙地，前此皆绝壁。亭亦新建，有屋二，桌一，凳四。屋顶为平台，洋味颇重，不惟不可"访仙"，连"亭"的意趣也没有了。独登其上，远山均在足下，小如聚米。而起伏连绵，云水吻合，极目将去数千里以外。仍嫌眼界为右方石壁所阻，乃下台，拨草径，攀藤而上，去突出之大石上立着。石高数丈，下承大石，又数十丈，再下，仍削石。只敢远眺：长江如黄带，沙（？）湖如绿酒杯，已觉醉人；偶尔俯视山脚怪石，或仰撑，或兀立，或负奔，便目眩胆缩，而阵风袭来，长衣飘飘，如欲下坠，足轻软，虽手杖不能支持。适观妙亭中有小童，睹我状，作惊呼，更不可耐。其上犹有石，尤险，但不敢再上去了。

返御碑亭，在山岭，旁无林木。亭中仅一明太祖御制诗文碑，丈余高，三尺许阔。石面极光滑可爱。字小如栗。文甚长，碑太高，无法可读。然其书体刻工，远胜仙人洞中诸题句。适有人在其中大唱"四郎探母"，扰人思索。天热，复不想去天池寺，遂从原道返至天桥。叠下石滩，又至深谷。遥望两山嶙峋，各于腰间出巨石，如桥磴然。天覆其上，诚如所谓。不像北平，连桥脚我也不曾看见过。

跟着溪流乱石下，有储水小谭数叠，十余小孩上下浴其中，审其无险，亦裸而洗之。水不甚冷，仰观桥磴，觉两边高度相等，如真有桥在其上，反觉无灵趣。洗毕，寻小径上，其左侧大石极平，可容数十人。虽险，不如访仙亭前，但听那下面的泉水净淙声，亦非有胆量，是不能支持的。

回家看商务印书馆的庐山指南（二十三年六月版）和我所游的，出入较大：现名天桥的，书上叫“吊桥凹”；御碑亭是三面门，他说，“四面皆门。”最不对的是仙人洞一段记载说：“石栏上刻洞天玉液四字，”“石壁中大书琼浆二字，”已经不合事实；至于“中祀吕祖”的洞，会有“洞右旁有僧舍”，“去僧舍数武”的话，我疑心着“指南”的作者，根本未曾到过庐山。

二十二年七月二十四日

自然的爱慕者
BACK TO NAPURE

（张建文摄）

都市生活是可诅咒的！

生活在都市的人们，在寓室里看见的，不外是立体的新式家具，飞歌牌的六灯收音机，嵌在镜框里的庸俗的图画，插在瓶子里的一束两束没有生意的花……跑到马路上，汽车扬起你一面子的灰尘，摩天房子障碍着你的远瞻的视线，紧嚣的车轮交响乐震动得你的脑神经发痛……一切的一切，都使你感觉到都市生活的死滞与不自由。

由都市到乡村，由斗室到原野，气象就不同啦！那儿有的是清新的风，灵活的水，巉巉的石，丛莽的林，还有，笼罩你整个灵魂与躯壳的，是宽和而舒畅的大自然的气息！

朋友，如果你厌倦了都市的恶浊的生活，快投进大自然的怀里来呵！

One washes the rice, other cleans the pot. Same set the fire, others cook the food.
分工合作：洗菜，淘米，削柴，烧火；谁都要动手。“爱偷懒的，回到家里享福吧！”

Food prepared by all, relished by all.
大家亲自动手弄出来的野餐，不管味道是好是坏，吃起来总比家或在馆子里吃那些珍馐美高兴得多！

Away from city, away from worry.

快乐的梦，永远不会钻进密眼的帐网里去的，只有睡倒在大自然的怀里，然后可以无忧无虑，避去一切喧闹的刺激，让好风拂动我们的衣裳，好梦安慰我们的心境。

An hour's hunt for dry boughs. Makes a day's fuel.

撩起了裤管，紧束着衫儿，到山坳里采集干草，拿回来作野餐的燃料。“快点走吧，不要捣蛋呵！”

Nice cool.

山涧的水，是清冽的，是灵活的；山坳的所在，是幽静的，是自由的；来玩水吧，朋友，那儿没有道学先生束缚我们的心灵，也没有轻薄少年偷看我们的大腿。

本文的作者（曦莹）在乡间打水。

都市外的世界

（曦　莹）

暑假里，我为了增加些农村的知识，为了实地的看看乡村人民的生活状况，便到塞北的山乡来！

在这陌生的天地间，倒也食睡自如，炎炎的夏天里，虽是山乡，却喜多雨，否则中午日光直射，几使人不敢在日光下少留。清晨，晚间，则清凉无暑；夜风吹来，又颇有秋意——这是大陆气候的特征吧！

熹微的曙光，冲开了夜幕的黑暗，明尖（注一）首先叫破了沉睡的宇宙。这清曼，尖锐的鸟声，便唤起了全村的居民——这是他们的起床钟，这时候起是不会晚了的——一会儿鸣鸟多起来，间或有黄莺伴奏着自然的“晨之歌”。这歌声也唤醒我，便立刻起身了。小风吹着黄土房顶的青年，榴花那么红艳艳的。清朗的天空，由东方闪出红日，光芒辉煌，美丽极了。我爱这黎明的时光，所以我读书的时间，便定在这宁静的清晨。

房中，书是唯一的摆设。从早上六点便起始读书，吃过早饭，便看看小说、刊物和报纸，我爱看大部的著作；有一次看牺牲的时候，竟忘了去做饭。

每天十一点敲过，我便去预备午饭、这里的村民是每日两餐，我不习惯，所以作三次“小锅头”（注二），每一天，我迅速的利用一小时的时间做饭、做菜，等到县政府的午炮吓我一跳的时候，我便匆匆地走出厨房，在客室中吃午餐。做饭的技术本是不大高明，不是萝卜焦了，便是茄子生硬……只是因为那是自己亲手做的，吃起来至少是很欣然的。

饭后是该休息的。邻家的老太太常爱和我谈天，我想知道一些本地的人情风俗，便常在这时候和她谈谈，于是，此地妇女的生活，以及她们逃兵乱躲到高粱地的故事都给我知道了。有的时候在院中走走，听听檐下的百灵鸟的叫声，有时候在花栏旁看看蚂蚁们的工作情况——啊，他们精神的勇敢、合群、努力，使我看了竟为之自惭不如！

中午也有时候感到困倦，所以午觉是常睡的。但有时候中午便"清风送渐凉，透我绮罗裳"，睡觉似乎辜负这"一片全无暑"的时光，所以勺些泉水，洗洗衣服，却更有一番滋味。在树下，看着鸟儿跳跳，低头望去则天光云影，尽在水面盆旁，又觉畅然怡然。因此——脱下来的衣服我总愿自己洗。

如果我高兴，也许便自己手缝一两件衣服，样子是随自己的，缝法是不按一定规矩的，比起经服装设计专家的造作的式样要舒适得多，比起经匠人之手缝成的更觉自然！

晚饭后，我喜欢作些劳力的事——我住的院前有一口井，初来时，那打水的孩子的山歌和那有节奏的轱辘声，常使我感到新鲜的愉快。后来，我也学着去打水了，我肚中山歌绝少，便用伏尔加船夫曲代替山歌，这时我更体会出这只写述劳作的歌曲的趣味之高深，旋律的美妙。我相信：在深房中钢琴边学习此曲的小姐们是不会有这种体会的。

白天太阳太暴了，把花草都晒萎了，我爱她们，于是用些清凉的水喂她们喝。直到她们抬起头来，又在晚风中跳起舞来，我才离开她们去吃茶。

我生性好动，就是在这乡间也是常常出外面的，这里没有雕栏砌玉，没有小楼飞阁，没有名间古镇，但我们许多朋友一起步出院门，看晚霞，上城墙，爬北山，渡清溪，甚至到麦地菜洼，林边河际，到处都是伟大的美丽，都会使人欣慰。沉醉在大自然的怀抱中：尤其是天空日光的变化，使这伟大的美景永远不同，永远幻出千奇百化的美来。同是一条小溪，清晨在曦光中，便觉神妙中有宁静，宁静中又有动力。在夕阳薄暮时便觉如朦胧欲睡；在微雨细风时，便是迷离带醉；在彩霞覆盖之下，便如艳妆美女，莞尔微笑。就是在同一时间你若移动数十步再回望某景，也觉如另入一个世界！大自然的美不是绘画、摄影、诗歌所能表现于万一的！我这一月来伏首低徊于这自然之母亲的抚慰下，感到许多精神的以及学识上的满足，这自然的赐予，绝非城市中人所能想到的！

在过腻了城市生活的时候，到农村山乡去过些日子，这里会使你沉醉，使你觉悟到自己的责任，使你知道许多书本上、课堂上得不到的知识，使你从自然界看出人生，看出你当如何修养你自己！

七，二〇，一九三四，于古上谷都。

注1：“明尖”是鸟名，每到天才破晓，但来催人起来。

注2：“小锅头”是厨役的意思。

平安的威海

（了　因）

大凡我所经过的中国人所聚集的都市，没有东洋车而有马车，除了爪哇苏门答腊群岛外，只有我们山东的威海。

这是一个好地方，如果你爬上郡拥翠楼的顶上，向四周一望，你就可看见，它正似一个面海趺坐的老人，伸着两臂，拥抱着几千户鱼鳞一般的瓦屋，对着大海，静静地听着风的怒啸，与水的狂野。而那个拥翠楼却正似这老人的头颅，我们是站在它——威海的头上。

我曾在这老人的拥抱中，度过七八个月难得的时间。在登山游水之暇，我们时常坐着马车，自东码头——旧时英国的租借地——一直给拖到那古老的城中。

在城的南门外面，有一个满铺着泥土的空坦，中央停着许多马车，两旁有人在地下摊着零星的货物做买卖。夕阳已落下山坳去了，空坦中的一株电杆上，放射着暗淡的灯光，照着空坦上几个稀疏的人影，海潮在堤岸上拍着响着，在这寂寞的荒凉的境地之中，却也有几个穿着旗袍的歌女，在人们的身上，飘一个温馨的微笑，然后缓缓地走过了空坦，到城里落子园里去唱梨花大鼓或京调。

不知为什么，这空坦，会长在我记念之中。我好似在这空坦里，看见人类的祖先，他正在议论明日捕鱼的方法与路径。在那时候，如果天上还有闪动的星光，我便觉得那空坦里的电杆，有着那么暗淡的灯光，到是多事了。他应当变做吐着火舌的火把，或者简直可以没有，让原始人类的祖先们，在那荒寞的空坦里，对着那万古不变的星星，喁喁定他明日捕鱼的事宜，这应当比那似有而无的电光调和的多。

威海的拥翠楼。

其实，威海太古老了。他是会停止了我们长过着繁华都市中的生活的奔放的心底。

威海还有一个温泉。它的布置分着盘汤与池汤两种。盘汤的房间装饰很精致，里面有可以倒卧的坑床，客人们是时常带着娼女去洗澡的。池汤并不十分大，但也可以容纳三十多人吧。池底平铺着圆石子，它正似自然的溪潭，但水却是温暖到冬天可以出汗的。——我时常在大池里洗澡，看见几十条山东大汉，赤条条地在擦着肩背，那真又是一个原始人类的典型，我恍似游泳于太古人类捕鱼的渊泽之中，人类现世所有的文明它似给温暖的泉水洗得干干净净了。

当然的，威海也有人们所谓娱乐的地方，在东门外，一字儿摆着十三间妓馆，那就是有名的十三门楼。它里面的女人，有些来自平津，有些来自烟台，而最多的还是石岛。这石岛离开威海，只有四五十里路。据说是一个产生美女的地方，它正似江苏的苏州，福建旧时失去的台湾，它曾经产生了许多艳丽而且温良的女人，给附近各个繁闹都市中的游客们去欣赏的。——也许因为太寂寞了吧，在灰暗的生命中也有时会起了薄薄的红艳的心情。有一天晚上，喝了两杯白干以后，他竟同了两个朋友，跑到十三门楼去了。

这是很难叫人相信的。在这里面，没有柔情，也没有绮思，它只是老老实实地送上香烟，递过了茶，便开始谈着一些家常细事，真不相信，古老的威海，它竟会古老到娼妓身上来的。我每觉到，大凡一个人所以拿钱到妓馆里去，他所要求的应当是不诚实的打诨说笑，以及一些轻颦浅笑得虚伪的恩情，而威海的妓馆所给你的感觉，不是虚假的恩情，而且一种对待客人应有的诚意，这诚意是无须金钱去买的，于是，我终于废然返来了。

我忘记了十三门楼里面的女人，但那十三门楼外田园里三月时的菜花，却至今还会映在目前。在斜阳时候，我们曾经看见那穿着淡红衫子的姑娘，在金黄色的菜花丛里飘过去。这画图的着色却是很新鲜艳丽的啊。

在这里，虽然土地并不肥沃，但也却适合于种种苹果与梨一类的东西，海上的鱼虾，也是很容易得到的食物，玉蜀黍与麦、花生，都是大宗的出品，也是替代米粮的重要食物，因此，一切人，也正可在勤劳辛苦中去得到堪以活命的温饱。更加着这地方背山面海，空气精神，所以，在这里也就多着由艰苦中磨炼出来的童颜白发的老叟。我时常看见这些老人，在田园中割草，问他年纪，八十多岁了。他有子有孙，并不是为着衣食而工作，其实，他正是感到饱食终日无所用心的恐慌，而不得不去找点事干，以消磨那难挨的岁月，他真是为着生活而工作的人，在他的心里，应当感觉到生活便是工作，而工作也便是生活，生活与工作连合一致，这是威海老人们所特有的人生，他们是幸福的人。

每个老人，却穿着洁白的手工织成的粗布短衫，那点缀于青绿的山野之中，这是要使上海舞场里金鱼一般的艳装舞伴，感觉到妖怪一般的难堪的啊。

威海所给我的印象，乃是这么一个平安而且美好的世界。

冬天到了，雪无明无夜地落着。于是，我们坐着马车，在雪地里游行。我们的小狗，在车旁追赶着。有时，在地上打滚，雪花溅满一身，它高兴起来了，向我们叫了几声，忽然地向马车前头，一直迅速地跑过去。

我们在火炉与火炕中过了一个雪的冬天，一直到三月的初头，春的气息，才渐渐地透露在杨柳枝头。于是，旧时给英国租借的东码头和东山一带，处处开着从外洋移植过来的不知名的花儿。刘公岛前面的海湾里。开来几只英国战舰，一到夜里，就放射着燦烂的灯光，东山上西洋人住宅里，也时常发出钢琴的音响，——我们觉到，这古老的威海，又披上一件现代文明的外衣了。

山水。（陈铁生作）

我们想，这原始的平安，也许有一天会给现代的文明毁坏了吧。真正的平安，是要从现代文明的母亲怀里长成起来的。而那原始的平安，却正到风前烛的年代了。

就是这一年的春天，正当热河失陷，平津危急的时候，威海的海面，却从烟台方面开来七八只日本战船，那威海的管理员徐祖善先生据说是因公他往，大约不久也就回来了吧，但平安的威海，却起了空前的恐怖，小孩子们不去东山公园里打秋千，老人们也只得坐在家里忍着难过的空间。那时，我也在威海，常听到人说："北平危险了，烟台掘战壕了。"但我问他："威海怎样呢？"他们都说："威海不要紧吧，没有驻兵啦。"

其实，威海所以得到暂时的平安，并不是因为没有兵，而是为着这世界上还有许多兵，不过，这些兵不是中国的兵，也不是驻在威海，他是有些驻在欧洲，有些驻在美洲，而且有些事靠近一点的分散在太平洋的沿岸啊。

威海的平安，乃是一种可怜的平安。

如今，离开威海是这么久远了。什么时候，才可重到这古老的城中吃吃那一角小洋可买四对的大虾，与十六个铜片一斤的鲜黄鱼呢？我这样想着。

秋之潮与蟹

潮之研究

在海岸上，海水在一定的时间之内，从海滨退去，这种水落的现象称为退潮或落潮。过后不久，波浪回了转来，又占据了海滨，这种水涨的现象称为升潮或涨潮。一进一退两者之间约每隔六小时一次。所以，在二十四小时内，有两次的退潮和两次的涨潮。

升潮和涨潮的道理本来是没有什么神秘的。我们晓得各种天体都彼此互相吸引的，太阳特别的吸引地球，使之向着那庞大的发光体，地球对于月也有一种同样的吸力。这种吸力是不绝的下坠，联合起初的动力，结果遂有较小的物体绕着较大的旋转的举动，于是地球绕日，而月绕地球。这种引力总是相互的；即是较小的物体吸引较大的，同时较大的也吸引较小的，只是程度上微有差异而已。假使地球吸月，月也吸引地球。后者较大，所以能统治卫星；但是卫星也能生出引力吸引地球，这是很确的。假使有一根棍子，两人各执一端，在相反的方向中拉着，彼此图谋拉过在绳子中间的一条界线，那么只要力气较强的就可以得胜。但是力气较弱的推拉并非没有影响，他多少可以使对手摇动，站立不稳。月球亦复如此；在互相吸引互相竞争之中，为地球所屈服，于是绕着地球旋转；但是，月球虽然屈服了，仍能在地球上的海洋发生扰动；这是因为海洋流动，所以较之地球的固体部分更容易失其平衡而为所移动。这样便成了潮的波动。

自然，潮水之受太阳引力的影响，也是毫无疑义的，但是太阳之距离地球，实是远极了。因为太阳离开我们很远，虽然是形体浩大，然其影响所致，海水不过上升二米，而月球则可以使之上升到五米，所以我们要研究潮水的原因，对于月球的影响必然首先要加以注意的。

疾如奔马的怒潮甚至把河水冲了上去，使之逆流回来这种运动称为潮头。在法国，以多尔顿河和塞纳河最显著；在我国，则以浙江钱塘江为驰名。这种潮水来时，其迅速异乎寻常，而怒涛狂吼之声，就是离开河口八里的人听了，也不禁为之震耳欲聋。恍如千军万马，奔驰而至。大自然的威力，在这刹那间是使人震慄惶悚的。因为月球的关系，所以秋天的潮水来得比平时更为起劲。

The Fighting Crabs with one claw much bigger than the other.
无须之蟹，横行陆上，两钳极巨，力甚大。

The shore alive with crabs which come down from the jungle, an extraordinary scene on the Christmas Island India.

印度洋圣诞岛为著名产蟹之地，每届繁殖时期，雌雄蟹由山林中至海滨会和，如万蚁之数，横行岛上，洵为奇观。

The Haining Bore,an immense volume of water rushing from the sea into the Gulf of Hangchow; An interesting spectacle that attracts thousands of sightseers on the 18th of the eighth moon every year.

海宁潮，来自杭州湾，激冲入尖山，八堡，钱塘，而至海宁，潮初来时，远望白素横江，隆隆作响，雪浪滚滚，汹涌澎湃，如雷贯耳，每届潮汛，万人争看浙江潮，名不虚传也。

With the sound of a million galloping horses, the bore is rushing upstream.
潮水之来，如万马奔腾，瞬泻千里，声势雄壮，蔚为奇观。（图为英国海潮之壮观）。

Distant white line foretells the instant arrival of the full-force bore.
八堡观潮之奇观，远望尖山浮现，白素练横江心，此潮初来时也。

谈　蟹

蟹之特征

蟹，谁也知道是与虾非常接近的一种甲壳类的十脚类。头胸部广宽，腹部稍形弯曲，无尾，这是蟹的特征。蟹的雌雄与虾一样，从其生殖腺开孔的部位来识别。雌的在相当于三步基节的胸甲上，雄的在相当于第五步脚基节的胸甲上开孔的。——但因雌雄的不同，其形态亦有各种的变化：腹部之形态，上面说过蟹之腹部有点弯曲，可是它的宽度在雌雄间普遍是很有差别的：雄的狭窄，雌的宽阔。再雌的腹下可以孵卵。腹部附属蟹肢亦因雌雄而相当变化。雄蟹前方的二对附属肢为交接器，前一对成管状，后一对为棒状。雌蟹有四对有附属肢形叉状，孵卵的时候用以抱卵（第一腹部关节的附属肢已退化。）

钳角的大小蟹之第一步脚即为钳脚，亦名螯，一般都是雄的钳脚较雌的稍大。尚有一种名白扇儿蟹的，它有一只钳脚与雌的一样的小，而另一只又特别大，常在退了潮的沙滩上把它的钳脚上下的移动着，恰像农夫用锹耕着田似的。这种雄蟹的大钳脚对于它自己有什么意义呢？请看下节。

白扇儿蟹

这双大的钳脚，生在左或右边是没有一定的，假如有一只雄蟹它底左边的一只大钳脚因故脱落了的时候，右边的那只小的就立刻长大来代替左边的，再在左边那残废的基节上生出一只较小的钳脚来代替右边的，其次，关于这大钳脚的功用，从来就有着各种各样的传说。有的说是在海岸掘穴时作为锹锄用的，或说在洞穴里当做门栓来防仇敌用的，或说在交尾之际用的，或说在雌蟹面前夸耀雄性美的。也有人说是作为战斗的武器用的。

蟹的脚步

蟹的步脚有五对，就是胸部各关节的附属肢，普通共有八对。前三对名颚脚，用作运输食物进口的，后五对为步脚。蟹的步脚没有外肢，这种外肢普通甲壳类都有，但当蟹的幼年时代也是有的，是以后渐渐退化而消失了的。蟹的身上普通分做七个关节，即底节，基节，坐节长节，蹠节，前节，最后一节叫末节。基节和坐节在很多场合里并拢在一起，故亦名坐基节，此节最易折断，捕蟹者应注意，步脚的最前一脚名钳脚，此脚之筋肉极发达，力量亦最大，可当做它的武器。

钳脚的掴力与后方的步脚

一般节足动物关节间的运动，都是依其外骨骼之内部筋肉的收缩而运动，蟹之钳脚的开闭亦是同理。所以钳脚上的筋肉特别发达。每只钳脚上都有两块筋肉，一大一小，大的筋肉专管闭钳，因闭钳须力大，小的一块管开钳。又有一种名叫高足蟹，分布在日本太平洋的茨城县及九州西南海岸的附近一带，此蟹以体大闻名于世，雄钳若将其钳脚向左右张开，竟超过一丈以外！但不及短钳脚蟹的掴力强。

后方步脚大概都是同样的性状，为的是适意于步行，通常最后一对比较细小。

蟹之眼

蟹的眼与其他许多的甲壳类都同样的是复眼。独蟹眼是生在棒状的柄端上，而与其他下等的甲壳类不同。大多数蟹类的眼部都生有眼窝来保护着。其眼窝还没有发达的种类，它们的眼经常是露在外面的，不过这些都是比较下等的种类，例如在尖头族中就因为眼窝没有发达，所以在眼内的前后或上面生出比眼较长的刺来作为眼的保护器，普通海岸所看见的大部分蟹，是有眼窝的种类。

眼与颚脚步脚等同为附属肢之一，因种类之不同，眼柄之长短亦互异，例如长眼蟹的眼，若向左右展开竟可达步脚的基节处，其长可知。这种蟹常海潮退了的时候，它们便躲在浅水的沙滩上将两根长的眼柄伸到水面，静静地向四方眺望着。

触角口

蟹都是有两对触角的，第一触角藏在近中央线的特别的深凹里。第一触角与眼窝之间有第二触角。此基节往往与背甲等拼合而为眼窝的内壁。

蟹的口上有颚肢二颚脚三合为五对附属肢，在中央线前边有鳃室的吐水口，它从这里不断地吐着水泡和呼吸着空气，这对于它是两带顺便的。

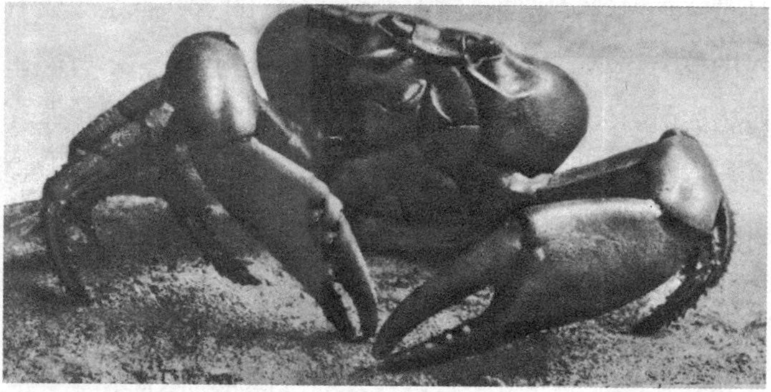

The land crab, Gecarcinus, noted for its powerful claws.
左右钳脚大小不同之白扇儿蟹。

济南的印象

（夏莱蒂）

（一）洋车上的头二等

济南的所谓洋车实际就是上海一带的所谓黄包车，惟车身比较的略小，车杠比较的略长。而全都黑漆，没有黄色的，所以叫它黄包车当然是不对，而且也没有人会懂得，大约因为这东西原来来自东洋的罢，所以大家在洋车洋车的叫它，不单是济南如此，在北方差不多都是这样叫法的。在济南，骡车马车是不少的，但大抵是用来装载东西，煤，石块，麦粉或诸如此类的，装载得满满的。干车的拉着辔头走去，嘴里不绝地唤着"啊——吁，啊——吁，"笨重的木轮子便在那黄土路上发出"咯隆隆"的很大的声音。有时候，那牲口走得缓慢了，于是那鞭子便作"喇"的一声刺耳的响，但那是打在地上的。是一种对于牲口的警告，或者说是威胁，却决不便是加在牲口身上的刑罚，有时候，在高低不平的路头，车轮陷入土中而停顿了，于是来了一阵"啊——吁，啊——吁，"和鞭子的"喇——喇"声的急忙的催促，逼迫那牲口一再拼命的跳跃，直到跃出了那陷处为止，而交通也一时为之断绝了。乘坐人的马车呢，这毕竟不及洋车来得便宜，所以就稀少。至于汽车，有是有的，可是太贵了，阔人坐的。驶过的时候，常常有两个武装的同胞手里捏着木壳枪站在车的两边的脚踏板上，

枪口正对着两边路上的同胞做着就要开火的样子，喇叭是一直不断的呜呜地响的，这是老虎车，惹不得，老虎一叫，小百姓就得辽远地望风而避咧。非武装的偶尔也有，但总极少。

因为没有电车，所以在济南最普通的最经济的代步便是洋车了，但若说济南的洋车一定是便宜的，却又不尽然。其价值却是随坐车者身份的高下而成反比例的涨落的。那班出入于文武衙门的——不，应该说时髦是在各机关办公的——人们，坐起洋车来当然是挺便宜。他们是有身份的，坐车那用讲价，踏出门来，车夫弯着腰装着笑脸迎上去叫一声“您老”，那边一骨碌的坐上去把手一挥便奔驰了。脚步是当然跑得尽其所能的快的，因为坐车者是有身份的，那还用说？但有身份的——许是劳苦功高的罢——事忙，所以无论如何也总觉得车跑得慢，于是司的克或贵足便落在那随着脚步一起一落的臀部上，这是平常的，那还用说？跑得喘不过气来，当然。随您赏罢，最多也不过捞出十个八个大子儿，或者简直不捞出，大踏步进去了，“侯门深似海，”待怎样？但这也是平常的，那还用说？当然。其次是济南的土著或久住于济南者，坐起洋车来也是便宜的，只要一听他们的口音是“济南的”，便不能多要，大约在济南市内不论南北东西，车价至多不过三毛，若多要呢，便挨骂，所以也决乎不会多要。但外省人却就不然，当你从车站出来时，你可以听得那披一拥而来者的索价，是一元八毛都会脱出来的。我记得有一次我的一个朋友从津浦站坐洋车到东关外的七家村，那也不过五重地，然而九毛还嫌不够，竟要了一块钱去咧，就因为是外省人。但即是山东本省人，若不是"济南的，"是"老干"（意同上海一带所谓的土老儿），也一样的不会占便宜。据说有一次，有一个"老干"从车站出来雇洋车，说了他要去的地点后，那车夫问道"您坐头等还是坐二等？"但那"老干"并非完全是"老干"，也已经坐过几次洋车的，觉得这句话太奇怪了，便反问他："头等怎样？二等怎样？"他便对那"老干"说，头等是坐在车垫上的，所以价钱贵一些，二等是坐在脚踏板上的，所以便宜些。听了这一番空前绝后的解说后，那"老干"心里也有几分明白了，好，"老干"便"老干"罢，落得便宜些，看他怎样。于是他们把车价议定了，是二等的。"老干"便盘膝坐在洋车的脚踏板上，拉去了。可是那洋车毕究是重心不对而难拉的，勉强地拉了一段路后，不得不停下来，"先生，你坐上边去罢。""但那是头等呢，我是坐二等的呀。"于是便争吵起来，于是爱看热闹的闲人便围聚拢来，愈聚愈多，于是那警察慢慢地来……

（二）杀人的大蝎子

蝎子这一种东西，只要一看其形状，就会令人毛骨悚然的可怕，灰红的颜色，前头有两只叉开的大螯，后边有一条细长的尾巴，可以上下自如的弯卷而把尾尖的毒刺注射毒液。脚是细而极硬的，在纸糊的墙壁上走的时候，发出一种肃肃的声音，惟此一点是尚可使人戒备的。但倘若被它刺着时，伤口立刻便肿起来，痛苦难当，苟非急用硇精水等碱性物来治疗，不久便腐烂起来，其毒之烈只有毒蛇可以比拟，所以古代文人是以蛇蝎并作为最毒的东西的。这东西在江南比较少见，而在北方却极寻常，差不多到处都有，但都只是小的，身长仅一二寸的罢了，从未见过陈列在济南民众教育馆的那只蝎子的大的。一尺多的身长，张着两只比最大在蜝蟹的螯还大些的螯，一种凶恶蛮横的耀武扬威的神气，其毒的厉害是可想而知，谁遇着了它还会有命吗？是的，它是不知害死过了多少人咧。

这蝎子是生长在济南城里一所古老的房屋里的，那屋子是无论谁人进去居住都马上死掉的，所以谁也不敢去居住，只空关在那里，但谁也不知道那些死者是为什么死的，习俗的迷信便以为是有鬼的了。五三惨案时，日本兵攻进了济南城里，便驻在那座空屋子里，强国的战士会怕鬼吗？那是笑话。但是聚在屋子里的兵们不久便听得后院子里的一声手枪的声响。大家慌忙奔去看时，原来他们的一个同伴已经倒在地上，死掉了，他手里还捏着那支手枪在那里，而旁边却有一只大蝎子在奔跑。无疑的，他是用手枪来打那只大蝎子，没有打中而反被刺死了。于是许多日本的战士便和一只蝎子开战起来。但天生的毒刺总不

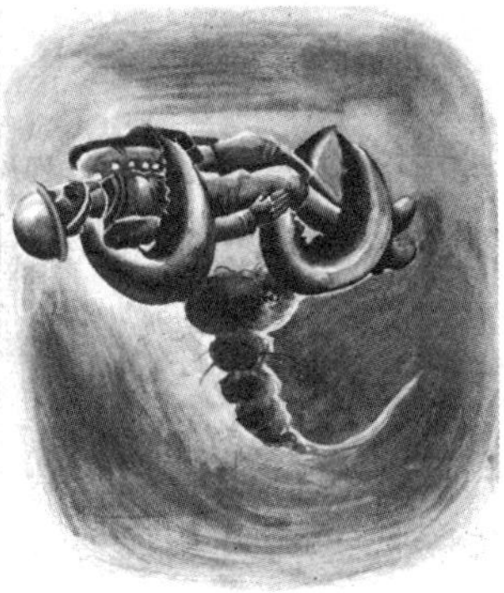

及科学的枪火的厉害，而况又寡不敌众咧。失败是必然的结果。然而它是经过了一场恶战而死的。它拥着厉害的武器，杀害许多中国的同胞，也杀害外国的侵略者，它是贯彻它的一生为全人类的恶毒的仇敌，比较那些只会作威作福的杀害同胞而碰着洋鬼子时便脚瘫手软的弃甲而逃的不抵抗主义者们来，却还强胜一筹咧。

西康猎奇

The 2nd SIKONG EXPEDITION headed by Mr.Jack T.Young, a well-known Chinese sportsman,recently returned to Shanghai after almost a years stay in Western China on behalf of American Museum of Natural History, New Yerk City. This expedition is perhaps the first of its kind to operate on a large scale to collect strange animals and flora conducted catirely by Chinese for a foreign scientific institute.The party consists of Mr.Yong himself, his wife Mrs.Adelaide Chen Young and Mr. Young's brother Quentin D.Young.

西康仍是神秘的国土，虽然在最近十几年已有不少的团体到那儿去调查和游历过。高大的山脉把它和外面隔绝。行旅的困难,使人们不愿去。那里有奇特的人种，壮丽的大自然,和稀有动植物。为着那些稀有的动植物，我们被美国纽约市立博物院委任去代他们采集标本，同时也代中央研究院去采集高山的植物标本，在我们自己方面，也想作一点人民生活的调查。我们便首途前往，我们这团体的名称是第二次西康考查团——一个三人的团体——在西康境内一共逗留了八个月的光景，经过的地方可说是西康的核心，不过我们最喜欢取小道走，因为那些地方更少人烟,可多得机会和我们的目的物碰头。

故事若从我们的最初出发地纽约说起，那可太长篇了。就把上海作起点罢，简单地说说罢。

在严寒的冬天我们离开了上海，经过长江沿岸萧条的商埠，伟大的山峡；那时正当水退的时期四星期后经五次的换轮——大轮、中轮、小轮、木船、竹筏，——四种陆路交通：单轮车，马与轿子和步行。好容易才抵达我们的大本营——西康的都会打箭炉。那是一个高出海平八千五百呎的都会。在那里便可看见藏族人民了。那里的汉人在他们伟大的体格比较下，确像北方人和南方人一般，他们有那样健全的体格，也可说是他们的饮食给予他们的。永远一样的食料牛乳，咸奶油茶，奶油，糌粑，不过他们的“没有愁闷”也许是一个很大的原因罢。

在打箭炉休息了数天，便开始到东南南一百英里的大雪山采集动植物标本了。那时熊还在冬眠，我们便去找小哺乳类动物，地鼠和兔鼠是我们的目的物。那是一件很麻烦的工作。每制一个标本，要花费一小时左右的时间哩。但只要常抬头望望那美丽的，二四八九一呎的大雪山最高峰——明亚贡加——就会得着慰安。她老是摆起一副严肃的面孔，但我们不但不怕她，反而得着无限慰安哩。她已被我们前年的第一次西康考察团征服了，那时候我们爬上了她的峰顶，竖立过大中华民国的旗帜，使我们常想着这次也得会成功。

高气压和零度下气候是常和我们顽抗的，但雪则是我们的恩物。从雪山上面可以找着动物的足迹，因之而得着线索。不过当第二早起来发觉帐篷被雪淹埋了，又要掘一条出路时，可真气人哩。

离开了大雪山，我们便向更南的九龙县去猎取 Sambar

马鹿，那里虽说有那种动物存在，但也须要熟悉该地山势才可着手。我们便邀了几个该地猎者欲和他们几条所谓猎狗去行猎，花费了一个星期的时间，我们才猎得一头鹿子和獐。但马鹿的影子却未见过。后来才发觉他们因了要保存马鹿待他们自己猎取,便不为我们留心,也怪不得他们。那些马鹿的茸可以卖五六百块藏洋的。獐这种动物在中国是很普遍的，不过以西康的獐所产的麝香为最美，每年运往异国作香水原料的确不少。

经过了许多一万五六千呎的高山径，我们又回到大本营作一度休息，并准备第二次的行程。

从打箭炉进藏的大路，有南北两道。为了节省时间，又想两条路都走一下，我们便决定了走北路到甘孜县南下，经瞻化到理化，由南路回打箭炉。但从中又发生了问题，因为甘孜到理化的一段路是很少人走的，当局曾劝我们不必去，并谈了些最近该地枪杀的事件。但那正加增了我们的兴趣。于是我们又起首向那九星期的旅程进攻了。北路的山较南路少，但风因此加烈了。在一万一千尺的道学县，我们曾几次把大帐篷折下，换用可抗每小时七十五英里风速的周密小帐篷。在那里我们又尝着鱼的味道。

在广平的高原上经过了很多的村落和县份，我们便抵达了北路商业的重心——甘孜——一个半数喇嘛和喇嘛寺的城市，房子的屋顶是平的，免得被大风吹去屋尖。每家的屋顶上面都有祷告旗，可说是他们很诚心的祷告，也可表现他们懒惰性情。他们说有了当高旗在风中吹藩便算代了他们不停地口念 Om Mani Padme Hum 了。那里有一位土司的年青女儿，她是一位掌管五百名兵士的营长哩。她也代我们担心。

经过了几次防劫的练习，我们终于离开了甘孜南下了，的确途中的万分寂寞，不说是房子，有时一天半日连牛毛帐幕也不给我们看见一篷。讨厌的道路，一天地中要请我们下马几十次。若不自动地下马，那马也要请我们下来！还算好，不知是怕我们来福枪呢，还是嫌我们的行李都是些不值钱的标本，我们虽经几次的骚扰，终于安抵理化。那个一万四千呎的城市什么都不生产，他们吃的糌粑也要以他们的牦牛的毛，牛奶，奶油去调换。一望不尽的草原是有的，树木却找不着。只有用草根和牛粪作燃料。那里有四通八达的大道，更将理化成了南路的重要市场。

转向东行踏上了南路，一天天地和大本营接近，抵达雅江时，气候比较温和得多，那里的鹦鸽确实可爱，每家门口都可看见一个掛着。但那是太普遍了。我们并未采集。在那儿的雅丽江上可以看见来往的皮船在激流中挣扎。

野牛 Takin 也是我们的目的物之一。回达打箭炉后，便到南四十英里的地方去猎取。那是很难接近的兽。虽然它有七八百斤重的笨身体。倒最喜欢在悬崖上游荡。我们经过几许苦楚，幸运地找到两头。在三百公尺的距离间结果了它们的性命。

最后熊从冬眠中醒来了。雪鸡的孩子们也长大了。

于是我们便又复到大雪山去采集，我们所要的熊是马熊Grazzly Bear 结果还好，化了五六天的时光，我们每人猎得一头和捉活了三十只雪鸡，三头熊中要算杨陈瑞苓猎最重——四百斤左右。但雪鸡在抵达上海时，因天时地利人的种种关系，只有一只活着。

动物标本除常述的以外，我们还猎山鸡 Serow，雪豹 Snow Leopard 野羊 Blue Sheep 和两百多小哺类动物，两千多植物标本。都是一万尺以上的高山植物，同时我们带回了一些消息就是：西康仍然是神秘的国土！

Mr. & Mrs. Jock Young holding a Lanmerguier.
此为鹰属之鸟，多产于欧洲，国内颇为罕见，图中所示，为杨陈女士所猎得者。

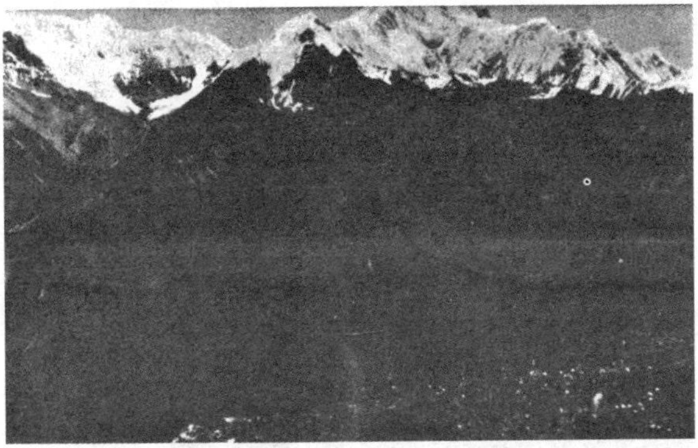

The Minya Konba, towering above the world like a great snow giant. Altitude 24,891ft.

大雪山脉之最高峰——二万四千八百九十一尺之明亚贡加，我国本部之最高峰。

The Second Sikong Expedition Members L. to R.Mr. Jack Young, Mrs. Young. Quentin Young.

第二次西康考查团为杨氏兄弟所组织，左至右为杨帝泽君，杨陈瑞苓女士，杨帝霖君。（即本文作者）

Snowbound, the tentmates try to dig their way out.

高气压与零度下气候之雪山上，常终夜大雪，长起帐篷被雪埋没，帐中人乃不得不在雪堆中掘一出路。

Seargent-at-arms at the Tibetan Deirl Dance.

一年一度之喇嘛魔神舞，戴面具者为会场维持秩序之人。

The Libetan Ula Girl, who leads our horses, stop for a rest.
西康之女役马拉，专役于行旅者。

The Lamas of the Litang Lamasery dressed for the festival called"The Sunning of the Buddha."
理化喇嘛寺一年一度之“佛开光”节，喇嘛均着新衣诵经。

The City of Kanze, sikong with its prayer flags fluttering in the wind and its flat-roofed houses gleaming in the sunlight.

甘孜县为西康商业重心，建筑物半为喇嘛寺，其屋顶皆为平式，以防为风吹去，屋上并挂有祷告旗，以示屋内人诚心之意。

Noble Women of Sikang and their dresses.

西康贵族妇女之装束。

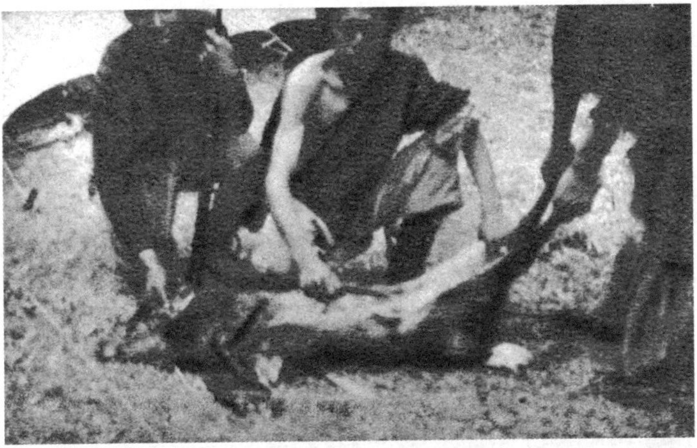

Quentin Young and a native bunter with a musk deer.

在西康九龙县猎得之麝，仅为出猎者与杨帝霖君。西康县所产之麝香为最美，每年运往异国作香水原料为数不少。

Princess Der Ching Wang Mu of Kanze, Sikong. She is ruler of her tribe and colonel of an army of 500 solders.

西康甘孜女营长是德钦汪母，彼为土司之女，所属有五百士兵。

A Lama drying the printed leaves of the Tibetan Bible.
西康唯一之印刷机所印出之喇嘛经书，机系木质，字皆木刻

Quentin Young(left)with a flue specimen of the Grizzly Bear, Which he shot in the Konka Valley.
杨帝霖君，（左）及其在大雪山谷所猎得之大马熊。

Mrs. Jack Young with a famcus Tibertan white-eared pheasant.
杨陈瑞苓女士手抱之有耳雪鸡，为西康特色，曾捉获十余只，返沪时仅存二只，现已送往纽约市动物园。

醉翁亭

（何可摄影）

醉翁亭记为宋代欧阳修所作，其文传诵至今，所述琊琊山醉翁亭，每使人心向往之，恨不能一游该地。兹特集得该处照片，并附刊欧阳氏一文，聊供读者卧游。

醉翁亭记

（欧阳修）

环滁皆山也。其西南诸峰，林壑尤美。望之蔚然而深秀者，琅琊也。山行六七里，渐闻水声潺潺，而泄出于两峰之间者，酿泉也。峰回路转，有亭翼然临于泉上者，醉翁亭也。作亭者谁？山之僧智仙也。名之者谁？太守自谓也。太守与客来饮于此，饮少辄醉，而年又最高，故自号曰“醉翁”也。醉翁之意不在酒，在乎山水之间也。山水之乐，得之心而寓之酒也。

琊琊山名径。

若夫日出而林霏开，云归而岩穴暝，晦明变化者，山间之朝暮也。野芳发而幽香，佳木秀而繁阴，风霜高洁，水落而石出者，山间之四时也。朝而往，暮而归，四时之景不同，而乐亦无穷也。

至于负者歌于途，行者休于树，前者呼，后者应，伛偻提携，往来而不绝者，滁人游也。临溪而渔，溪深而鱼肥；酿泉为酒，泉香而酒洌；山肴野蔌，杂然而前陈者，太守宴也。宴酣之乐，非丝非竹，射者中，弈者胜，觥筹交错，坐起而喧哗者，众宾欢也。苍然白发，颓乎其中者，太守醉也。

已而夕阳在山，人影散乱，太守归而宾客从也。树林阴翳，鸣声上下，游人去而禽鸟乐也。然而禽鸟知山林之乐，而不知人之乐；人知从太守游而乐，而不知太守之乐其乐也。醉能同其乐，醒能述以文者，太守也。太守谓谁？庐陵欧阳修也。

琅琊山道。

瑯 琊 山

瑯琊山距离醉翁亭记约二三里。循道西南登山，路渐高，景亦美。山松涛响，清凉入耳。入山更深，登一岭，道旁有小石塔一幢，前有凉亭在焉，亭额前题“蔚然深秀”，后题“峰回路转”。过山亭而下岭，峰环回，路曲转，已而抵山门，茂林深树，拔地参天，转入开化寺，殿前有白龙泉，泉水清冽，廊右登明月观，通藏经楼，左侧通石屏路，达无樑殿。左为云水堂，疏林掩映，如入书图。归云洞西乃了了堂，地藏殿东为招隐堂，南天门侧为天后宫焉。瑯琊园林建设，清幽古雅，以言风物胜概，美不胜收，使人潜然回想，有不尽言情绪可述者也。

瑯琊胜境之门坊。

丰 乐 亭

距滁城南门外，约四五里，道经阡陌三四里，而至半山，路旁有紫薇泉，再循山道约行半里，林竹深阴，古木参天，丰乐亭院在焉，中庭置《丰乐亭记》石碑，字迹斑蚀，几不可读。院落壁间，嵌有酿泉图，石刻碑文，多旧剥离、不全。庭院破旧，尚有三四僧人，殷勤迓客，吾人游此，可作欣赏遗迹焉。

醉 翁 亭

由滁州南门至该亭七里许，出城大道里许，至三岔路口，旁竖醉翁亭路牌。过皖北林场，取道入山，树荫夹道，双峰合抱。将达亭前，溪流水声，隐约可闻，酿泉水也。过薛老桥而抵亭院，进内小院而西，墙额题“有亭翼然”；至冯公祠，转廊入醉翁亭厅，非昔时之亭矣。厅中楹联诗画，琳琅满目，庭前左右石刻碑文，均嵌壁间，尤为隽雅。出冯公祠，前为意在亭。亭下引六一泉水为池，水凡九曲，取曲水流觞之意也。过庭院之南，有古梅亭，昔欧阳公植梅于此，东厢宝宋阁，有苏文忠书亭记碑在焉。览余台，登临眺望，峰峦环叠，高致爽怀；至薛楼右，为怡然亭，居高临下，对望山林，苍翠悦目，醉翁亭阁之胜，可谓尽致。林壑秀美，而山之景四时不同，醉翁之意不在酒，在乎山水之间，吾人游此，益信斯言也。

醉翁亭外景之一。

醉翁亭外景之二。

醉翁亭庭院。

同蒲铁路进行概况

（韩白罗寄）

The Tung-Po Railway

The Tung-Po Railway, between Ta-tung and Pochow, will be, when completed, the most important arterly of communication in Shansi Province.It runs through the province from north to south linking the Peiping-Suiyuan Railway with the Lung-hai Railway.The whole course covers a distance of 824 kilometers. Work began in 1933 and will be completed at the end of the year 1936.

同蒲铁路北起大同，南至永济县（既蒲州）之风陵渡，贯通山西全境，即昔日同成铁路之一部，全长计八二四公里许，北与平绥，南与陇海，中与正太各路均可衔接，路轨为一公尺窄轨。廿二年秋季开工兴筑，现忻县至霍县一段（长约三百公里）业已通车。全路桥构总长计一四五〇〇公尺，隧道总长计六五〇公尺，建筑费预计每公里约洋八万元，民国廿五年年底全路通车，即可实现。

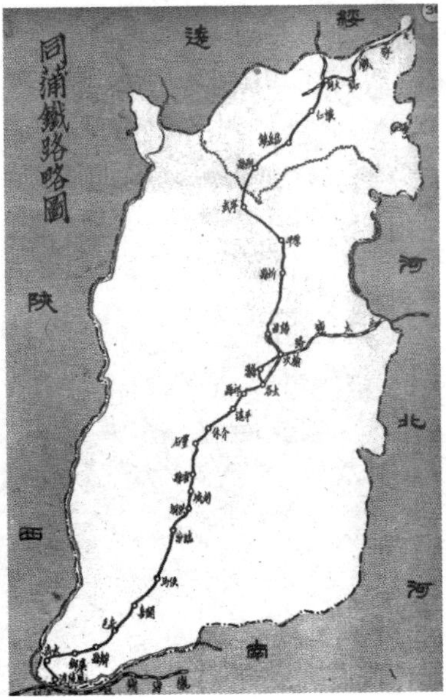

Soldiers busy in laying the rails.
建筑中之同蒲铁路，其路轨为窄轨，阔仅一公尺，图为兵工铺轨状况。

Cutting on Mountain slope for laying rails.
同蒲铁路灵石夏门一百公尺弯道处，山多石矿，开凿不易，愈见工程之困难。

The railway tunnels.

全路隧道总长六五〇公尺，此为赵城站之两孔，共阔四公尺，图示倾斜碳桥与土方工作情形。

The temporary railway bridge on the Fan River.

西山支线汾河木椿临时便桥，为便利工程而设。

One of the big railway bridge.

场地南河钣梁工字梁大桥，计全路桥构总长一四五〇〇公尺，民国廿五年底即可全路通车。

洞天奇境

Wonder Rocks and Caves Near Kinghwa

Ten miles from Kinghwa City stands the famous Pei-shan, or North mountain, a branch of the Ta-Pan Range Stretching from end to and about a hundred miles, Pei-shan is one picturesque succession of wonderful places. Countless falls,spring, rocks and caves relieves the monotony of the landscape. Pictures on this page show some of the famous 36 caves formed by strange rocks, one of the greatest attractions of the place.

北山洞天纪胜

（李集之摄记）

北山亦名金华山，去金华城区三十里，为东阳大盆山分脉，绵亘三百余里，雄镇北郊，壮秀并著，奇峰异涧，巨石瀑泉，不计其数，胜绝殆不可纪，而尤以洞天为最，即道书所谓三十六洞天是也。出金华西门，遥望锐峰孤起，苍翠秀丽，形式锥天者，号芙蓉峰为北山之支脉，亦县治之主脉也。起行凡十五里，达罗店，为金华城区至北途中之一大村落。自此再进，渐入山区，沿途峭峰如壁，溪流蜿蜒，回首四顾，无异置身画中行也。经小南屏，在佛寿亭小憩，从此再进，山道更形崎岖，且极狭窄难行，而山景之胜，则亦随之剧增，两壁奇石峻立，林泉幽秀，其气象之雄伟，至此为极。旋经洞前村，为洞元山麓之一大山庄，继行百余步，即达名闻古今之双龙洞。在上一里许，为冰壶洞。而朝真洞则更在冰壶以上三里处。去双龙，回洞前村西行，约三里，达九龙，讲堂洞在焉。斯四洞也，各有奇伟优异之处，兹分别约略纪之。

双龙洞：洞内分内外二处，外洞高可五六丈，周围约十余丈，轩旷宏爽，可容千余人，有西南二口，故洞内光线明亮，仰视石盖砥平，稍偏西，有石乳，下垂二柱，若白龙升降状；洞北部有岩穴，高可三尺，即为内洞入口，双龙泉水所由出也。洞口流水，岁旱不干涸，即如去夏之久旱，记者探游洞中，亦不见此水之稍减；入内洞须以绳系木盆仰卧盆中，溯泉水推挽以入，沿岩底进，险象不可言状，额鼻可擦及岩底，约进三丈余，岩尽，则内洞至矣，穹然高广，视外洞倍之，举灯照游，内壁琳琅，美不胜收，尤以雪山般的仙人掛衣石一段，横卧十数丈，晶莹夺目，皎然若洁，游者至此真是无异置身水晶宫中，其余的钟乳石，状似龙，蛇，狮鸟者，不可枚举，但皆形状自然，不假一毫镌凿，奇妙处殆不可言；其间又以青黄二龙之在岩顶东西蜿蜒，屈蟠隐见者，为最称出神。

冰壶洞：出双龙，登山约一里，过友松亭，达冰壶洞。俯视洞中深处，黑暗无底，但闻潺潺水声，束炬入洞，鱼贯而下，岩坡且滑且险，好似入井一般，下到十余丈处，洞身忽然广大，到面飞瀑自洞顶直下，瀑高十余丈，周围约丈余，直喷至离洞口下二十余丈处，有巨石盛之，水花四溅，瀑声震耳，而不知水之所往。过此回视洞口，透过瀑布，微光隐耀，直似一幕水晶帘子，此种奇观，苟非身历其境，断难意会的。洞内形势之险，亦以此处为最，明徐霞客《纪冰壶洞》曰：“洞之中央，一瀑从空下坠，冰花玉屑，从黑暗处耀成洁采，水穴石中，莫稔所去。”确是写实之作。从此处再下十余丈，即至洞之极底，有石室燥洁，曾游者留题在焉。旋循原径匍匐而上，已不知入时之险，寻常来游者，率望水帘而止，然不作深入，自不得尽其奇也。

朝真洞：朝真洞地位最高，号称上洞，在冰壶洞之上三里许，洞口宽大，有如双龙外洞，洞进右有支洞，从崖罅越石限而入，攀援以进，有石像天成，旁有潭，深不可近，土名龙潭。再回出正洞东炬进，历三数岩坡，辗转愈高，险象环生，不禁毛骨悚然，其石上云霞波纹之类，不减双龙内洞，而峻险远过之。洞内约三里处，从极暗中可见洞天漏明，是为一线天。此处有天池，峻不可下，游者至此，遂不得复入也。

讲堂洞：去双龙西行，约三里许，至九龙，入讲堂洞。洞口平阔宽广，可坐数百人，仰视其高可五丈许，岩文如海浪，拥促卷叠，其四壁奇丽，不下三洞。稍北入有石室，仅可容十余人，相传为梁刘孝标先生讲学之所，洞以讲堂名，或即起原于此也。

记者旅居浙东既久，往游洞天先后凡五次，兹将历次游览所得，约略记之，并将在双龙洞等处所摄之洞景照片，以实本刊，藉供阅者诸君之共赏焉。

双龙洞洞内之钟乳岩。

双龙洞内洞入口。

双龙洞内洞之仙褂衣石，横卧十数丈，晶莹夺目，皎然若洁，奇幻有如水晶宫。

双龙洞内洞之仙笠岩。

冰壶洞内之飞瀑，银光闪耀，恍似水晶帘子。

双龙洞内之雪山岩。

北行印象

（赵家壁）

好久没有出远门了。这次到华北区旅行了一次，正巧在变乱之中。离开上海的那一天（五月廿十八日），字林西报上已吐露了些不稳的消息，朋友们就劝我迟延几天："说不定会出乱子的。"我说："正因为说不定会出乱子，所以还是趁早去的好；这时不去，将来也许会后悔的。"二十八日傍晚动身，当夜到南京。在南京住了两天，六月一日的早上就到了兖州府。

曲阜：圣府

在兖州府下车时为了到曲阜去玩孔庙，那边没有好地方住，兖州最近盖了一座铁路宾馆，一切设备，都很舒服。早上八点到宾馆，雇了洋车上曲阜，三十五里路的黄泥地，不到中午，早已望得见孔庙的黄屋顶。

参观了大成殿以后，为了想去见见那位统治中国二千多年的孔子的直系孔德成先生，便由领路的伴了到"圣府"去。这一座"圣府"，真像我们乡下的城隍庙一样，经过许多大厅，又经过许多阶沿，阴沉沉的，黑黝黝的，大约到了第四进，才到了一个叫做"启事处"的屋里。这一座屋子，大约有几百年的历史了；墙壁上的灰尘，堆得像油画布上的油彩，靠右的大方格的长窗虽然用白棉纸糊着，破的地

由兖州雇洋车上曲阜去，三十五里都是黄泥路。

据说泰山的引人入胜，一路上可以听到松声和水声，但是山东许久没下雨，这次游时河底露了面，泉水也涸了。

方却比全的地方多。中间安置了一张坑床，油腻已把红布的坑枕染做了灰色，坑上挂着一副没有上下联的红对子。两旁的墙壁上，横七竖八的贴满了许多发票、账单以及彩色的牌号纸。还有写着“某月某日买煤油一桶”，“某月某日买白米几石”之类的记事纸。当我正在计算这“圣府”上一桶煤油点几天的时光，那位进去通报的先生，已经拉起门帘进来了。

和衍圣公谈话是从他最近在读什么书的问题开始的。他说现在还在研究左传和经史，教他书的两位老师叫做吕今山和王毓华。问他在南京听说有进中央大学读书的消息，是否有实现的可能，他便再谦逊不过的说，三四年前，倒曾学习过一点英文，现在是荒废了好久了。算术科学之类，最近才在学习，进中央大学根本是谈不上的。因为国府的几位要人，封他做奉祀官，更拨下一笔巨款大修孔庙，所以将来到南京去申谢一次，倒是确实的事。

这位孔先生年纪很年轻，一双不很移动的眼珠子，上唇特殊的阔，眉毛浓得发黑，看来给我们是一样有血气的青年人。但是当他送出门口的时光，我掉回头来看看这一座破落的大厅，门口站着这样一位年轻的青年，是一个如何有趣的对比啊。

照目前的情形推测，明年再来曲阜，也许看不到黄泥路、破窗格了。那天在孔林游玩时，那里有一座洙水桥，据管林的告诉我，说是秦始皇有意造来破坏孔墓风水的。小时光时常听见老祖父讲起风水每隔数十年会转变的话，今年的孔墓，大约又轮到转风水的时期了。

泰山：斗母宫

从兖州到泰安，不过八十四公里路，火车二小时可达。二日晚宿泰安宾馆，三日的清晨五时，就坐轿上泰山了。泰山的引人入胜处，据说一路上可以听到水声和松声；这次我去游泰山，却不见一滴水迹。山东全省，今年就没有下过雨，不但河底全露了脸，泉水也全涸了。这是我游泰山最大的遗恨，其次就是在斗母宫里没有找到逸云。

到泰安府车站，泰山的远景已在目前。

当《老残游记》二集由林语堂先生介绍到我们良友来出版的时光，我就第一个把全书念完了。这本书里老残用挺动人的笔法，描写作者和几个朋友游泰山在斗母宫里碰到一个叫做逸云的女尼的故事。斗母宫据《泰山导游》上说："昔名妙香院，明时皇宫替身，清末尚盛。尼姑皆艳丽能文，陈设饮食，极为豪奢，以留贵客。"这位逸云，便是当时一个绝顶聪明的艳尼，经过老残的刻画，这一个角色，更是生动得活站在你的面前；她自己叙述她在庵里如何爱上一位任三爷的故事，读了真叫人心醉。我和友人R君到了斗母宫门口，就下轿去进早点，顺便见识一下这一座历史上的艳窟。那时计算那位逸云的年纪，至多不过六十岁模样，说不定还是活着的。

第一个进来招呼我们的是一个四十岁的老姑子，她问我们要吃什么东西，我们顺便叫了一点。就问起这里从前有没有逸云其人？她竟瞠目不知所对。问她在庵中几年？她说有三十多年，她小时光也没有听见有这样的名字。其实我们去问她，是最笨不过的事情。纵使三四十年前真有逸云其人，又哪里一定叫做逸云；也许老残随便替她取了一个名字，也许老残是描画了这样一个理想中的女尼而已。但是斗母宫中过去的韵事艳迹，是决定不会少的。

我们休息的那几天然池上的小楼的四壁，就涂满了许多游人的轻薄的题词！而正中的柱上，就刻着一副七字的木对联，叫做

“○○○○刘郎去（前四字已忘）壁垒一新李令来”

从这几个字里，就可以想见这高山上的浪漫史了。

逸云既没有找到，R 君就领我到姑子们居住的内室去参观了一下；是一行四开间的瓦屋。我们踏进第一间去。内中分隔成三室，左右二室中各有一张旧式大床，雪白的褥单，上面铺着粉红的绸被，一个西式的填枕搁在一端，在夏布的蚊帐下，显得分外的洁净。床面前一张我们祖母时代所有的梳妆台，中间嵌着一面鹅蛋镜。台面上拭得一点灰尘都没有。梳妆台上挂着孔德成写给她们的一副五言。窗前放着一张方桌和二把坐椅。虽然陈设得再简单也没有，却别有一种明朗的风趣。而对面那一间也是一样陈设，也挂着衍圣公的一副亲笔的对联。我们正想把它抄下来，外面有一阵如鸟语般啁啾的声音，回头看时，有几个年轻的姑子用愤怒的神情妒视着我们。我们忽然觉得在这样神圣的净地里，俗人们是不容多留的，就此怅然的告别。老姑子送我们到门口，便只好坐上“没脚轿”上南天门看云彩去了。

泰山：无字碑

从泰山畅游归来，觉得全山上最饶兴趣的是在岳顶登

孔庙和那位被任奉祀官的圣裔孔德成君。

封台下秦始皇所立的无字碑。这一块碑，大约有近二丈高，宽可一抱，近似一圆锥形。轿夫说无字碑，我就有些不信，用手一摸，真的半点痕迹都没有。秦始皇虽然想使天下人尽变文盲，他就虑不到自己只有这样短的生命。这一个石碑，至今成为一件供后世人做榜样的纪念品而已。

这一个高耸于泰山顶巅的无字碑，给我的印象最深。后来到了北平，有一天在胡适之先生家里闲谈，他就送了我一份最近的《独立评论》。他说“我最近和陶希圣闹笔墨官司，这一期上有几篇文章，你可以带去看看”。我把《独立评论》第一五四期带到旅店里，没有看笔战文字，倒先读了他写的那篇“无不纳闷，都有些伤心”。这一篇文章里，他就引用六月二号的《大公报》的一篇短评，那短评这样说：

“古人说：不着一字，尽得风流，幼时读此，不能理会，现在才理会一点。”

不着一字，有两解。不能着，也不必着。

凭文字理会的事是些粗义，是些枝节，至于真正要点，不着一字，也自然可以理会得。

不见泰山顶秦皇没字碑有多么壮严！

那几天，我正在诧异为什么报上看不到要看得东西。读到这一篇文章，才知道和泰山顶上的无字碑是一样含有“不着一字，尽得风流”的深意的。记得听见一个朋友说起，有位患单相思的青年，用各种哀求，威逼，情商的口调，写信给他的情人要她来看他一次，他的情人都置之不复。有一次他就寄了一张白纸给她，这女人倒姗姗而来，

登泰山所乘的没脚轿（爬山虎）。

姻缘从此结成。可见一张没字的白纸，有时反而更能使人领会，这是秦始皇建立没字碑时所意料不到的。

济南：广智馆

从泰山下来，已经傍晚五点多钟，在泰安宾馆休息了一会，听见远处已有汽笛声，才叫宾馆的脚夫，拿了行李缓步入站，津浦车却早已靠站一会儿了。我急促地奔进站台，脚夫告诉我说还有十七分钟才开行。津浦车靠站的时间，真是够长的。我们乘惯京沪、沪杭甬铁路的人，就觉得有些不耐烦。其实这么长的停车时间，有一大半是白费的，假如把停车时间缩短些，津沪旅行至少可以减少几小时。

泰安六点开，八点多就到济南了，在济南铁路宾馆住了一晚，第二天就雇了一辆洋车逛地方，其中我最感趣味的是教会的广智馆。我想全国没有一所民众教育馆，办得及它那样完备的了。那里分动物，历史，地理，卫生，古物等数部；而陈列圣经的那一室，更是看了使我又佩服又害怕的。那里大约有两个大房间，很紧密的安排着在中国所有通行的圣经译本，从海南岛的土语译本，到最标准的官话译本。就拿福建一省讲，有福州土音，建宁府土音，厦门土音，海南土音等七八种。还有浅文理，文理，官话，注音字母，瞽目文等等。据表上说，全世界的圣经译本至今为止，已有四百〇六种。

用军舰侵略我们的土地，用鸦片戕贼我们的身体，用圣经潜移我们的思想。他们为了要使各处方言不同的中国人都能获得受上帝恩宠的机会，所以不惜以最大的人力和金钱，替苏州人译苏州圣经，替湖州人译湖州圣经；又恐怕西洋人不容易学土话，便用英文字根据土语拼音，印了许多英字母本。当中国文坛上闹着用大众语，拉丁化，注音字母，都市语，或是官话才能普及教育时，教会里的宣教师，早已替我们做过各种的试验工作了。

教会的工作，真做到了深入民间的地步；不但圣经的译本是那样的多，各地的教堂，更是随处可见。在咱们孔教之邦的孔门圣地的曲阜城里，二千多年来近在咫尺的熏陶，那里的人民，在理不应再被耶稣拉去的了；但是事实上，小小的曲阜城中，就有两座教堂，一座是基督教的，一座是天主教的。十字架高高地站在空中，和孔庙的黄瓦脊相映成趣。那天我在曲阜经过教堂时，正值星期日，眼见有不少孔门的弟子或是邻居在那里跪地祷告。而回兖州的路上，碰到一个长胡须的老教师，穿了一袭中国的夏布长衫，骑着一辆自行车，在向曲阜进发。洋车夫告诉我，这一位老牧师，在这里已住了二十年，和山东人一样吃小米，穿大布。他常常对我们说，“孔子的学说和耶稣的学说史相通的，假如孔子身在外国，他就是耶稣，假如耶稣身在中国，他就做了孔子。”那位洋车夫大约听过他的说教，所以把这些话似是而非的背给我听了以后，就问我“先生，你说他的话对不对？”我说：“这我也不大懂得，你还是到你们的‘圣府’里去问吧！”

天　津

从济南到天津的时光，才知道这几天天津的情形很紧张，但是路上还是挤满了行人，晚上中原公司的楼上，每处地方卖满座，劝业场里也走不通人，电影院中八点钟就买不到票。但是第二天洋车夫拉了我去逛地方的时光，在中山公园后面，就看见有红帽边的军队在列巡行；特区公园里，有群人在举行狂欢的郊宴，醉得有几个打成一团，警察却在草地上散步。在某租界的小弄里，有几个青年在练习棒球戏，当我的洋车经过时，那个铁样的球，差一些丢在我的脑壳上；我回头去看看，那两位青年，就扮着鬼脸给我瞧，幸而洋车已把我拉出弄堂了。

天津的租界真是多，不到三步路，洋车夫就告诉我说这是英法交界了，一拐弯又是日意交界了。小小的一块地，就分割成了八国的租界。一个外来的人第一次到天津，就会体会到报上所谓国际共管，国际分割，大约就是这样了。我们住惯上海租界的人，时常觉得自己并没有住在租界里，到天津来看到街头那种各各不同的巡捕的制服，心头才会涌上些说不出的味儿。

在天津住了一晚，第二天（六日）就到北平，郑振铎、章靳以都在车站接我。一到振铎家里，他就劝我快些离开北平，他说他预备一两天内就举家南迁了。我虽然猜透了一些道理，但是在上海既下了决心到北平来，我也不愿虚此一行，而且到了再回去，将来不是要后悔吗？要来的事情只得让它来，我就趁此机会等着看吧！

（到北平以后的游记，因良友篇幅所限，续刊于新小说二卷二期）

沙漠中的绿洲——榆林

（莫　璞）

A GARDEN IN THE DESERT

A visit to the picturesque Yuling, on the Northwestern border of Shensi. This historically famous ancient city, although surrounded by sands miles arounds, has desirable climate and fertile soil with green leaves everywhere decorating beautiful land capes.

A temple on the "Camel Hill". In the lower part can be seen a few residences dug in the hill.
驼峰山上之关岳庙，为榆林风景之一，下为民窑。

The Chungshan Road, the biggest thorough fare in the city.
横贯榆林南北之中山大街，熙熙攘攘，有古代风。

The Public School dormitory, a five-storied "dug-out" by the "camel Hill".
榆林公立职业学校学生宿舍，
系依驼峰掘建五层窑穴以成。

The great statue of Buddha in the Shiang Yuan Temple.
香云寺中之铜佛。

榆林这个名字，在大家也许有点生疏吧？这远僻在陕西北端的一个石城，在过去不但曾繁荣一时，而且这个地方，也不知流过多少御侮的热血。当我们读“誓扫匈奴不顾身，五千貂锦丧胡尘，可怜无定河边骨，犹是春闺梦里人”这首诗的时候,觉得它是怎样凄楚动人呵！这榆林城就在这无定河的上流。可是到了现在，这古城在历史的演变中，已经被人忘却了。

这榆林城，是处于一片不毛的大漠中，然而在城里面，或清水河两岸却不然，非特毫无沙碛可寻，而且有的尽是迷离烟柳，和阡陌交错的田亩。风景之秀丽，简直和江南一样。尤有奇者,就是这些田亩里面所生产的，并不是山药旦，或是其他杂粮，而是江南特多的大米。我们假是平常对人说，沙漠中可种稻，别人一定是认为荒谬绝伦，可是此地，确实是有这样的情形在。

榆林的城墙，东西系依驼峰山所筑。这山虽名山，实在不过是个高大的沙岗。西面临清水河，河水澄碧，清可见底。河面宽约三百尺，浅仅二三尺不等。是无定河上流支源之一，虽不能航行船只，但受它灌溉的田亩，确是不少。城周围约八里，作四方形。因西面城外就是清水河，无关门的必要，所以仅有东南北三个城门。总观其形势，襟山带水，倒也非常扼要。城里的民居，除东部驼峰山麓，有一部就山掘窑而居外，余则尽为整齐之瓦房，鳞次栉比，当在万户以上。中有中山大街，南北直贯市中，车水马龙，尚称繁盛。商业对象，尚以内蒙鄂尔多斯为主要市场。最大贸易，系吸收蒙地羊皮皮革，而转售于内地。街道两旁，又种有两列绿杨，市容亦为之生色不少。更有结构玲珑，工程精致的五座楼座，四道牌坊，高跨于上。而益使这古城，增加了一重华贵的光辉。

东西沿驼峰山一顺，则有庵观寺院多处，崇楼危阁，画栋雕樑，皆极辉煌古雅之能事。有香云寺，内置铜佛一尊，据云系昔日魏忠贤到榆林时所捐造。佛像高约两丈，塑造良好。其上并筑高阁以保护。又有九龙碑两座，一在关岳庙前，一在天主堂左近。两碑均用琉璃质砖瓦嵌成，较之北平北海之九龙碑略小，而其雕工色彩，均较北海者，有过之无不及。此两碑一佛，在中国古代艺术史料中，实在也是难得的精隽之品。惜远僻边荒，尚无人注意及之。

南门外风景最佳，城楼建筑，也最雄壮。城外有急流一道当前，上架三孔石桥一座。水道两旁，密植绿杨。立于桥上，既可赏鉴绿杨流水，又可瞭见树后的一片漫漫黄沙。黄沙绿柳，两相陪衬，色彩鲜明，宛如一帧美丽的抒情图案。更加以桥下急流激湍，声如洪钟，此情此景，真是踏破芝鞋，无再觅处了。过桥后，就是云霄塔。塔高十三层，式样尚佳，惜已古废不能登。塔旁有瓦屋数椽，颇为简陋。内置佛像三数尊，聊结香火缘。附近则有石墩石塔不少，散置于瓦砾之中。意想昔日，也该当是个重寮巨殿的大刹吧？

至于东北西门外，与城内或南门外一比，真好像又是另外到了一个境地。在城内及南门，好像是在江南，而在东北两门外，非特不能和北方一般情形相比，简直使你好像走进外蒙的大戈壁一样。既没有树，也没有草，只有深厚的黄沙，连绵到天际的黄沙。

长城就是从这东边的沙际里来，距榆林北面五里许游过，再越清水河，又从西边的沙际中消去。长城在这一段，大半都已塌毁，所余的残垣断堞，也将要被吹过的黄沙，尽将淹没了。只有每隔里把一座的烽火台，依然兀立于沙巅之上，直至极目处，不可终断。又有镇边台一处，在长城越清水河的地方，东去四里。这台有六丈高，八丈见方，纯系大砖砌成的四层建筑，庞大坚固，为昔日防范屯兵的地方。而今虽已沦为荒堡，然它当年御胡的一股凛然雄姿，犹威赫未减。值此强梁节之侵袭，

A stage-coach coming to the city, rolls on the desert amid a back-ground of grandeur.
镇边台，古代英雄之楼冢，今已沦为荒垒台。

民族生死存亡之际，我们见了它，回想起从前的祖先们，抗敌御侮的功绩，实不胜憾愧万分。

我去榆林，是同俞创砚，顾廷鹏两君，到伊克昭盟考察时，因在乌審旗沙漠中，一时迷了路，偶尔绕去的。未去前，我也不过仅存了顺便观赏的一个念头，实在还未想到榆林有如此之美。所可惜的，就是我们在榆林的四天中，无日不在落雨，以致有很多美丽奇特的风景，不能拍摄，介绍国人，实在是很可憾的一件事。

The South gate, with drum tower and city walls several centuries old.
榆林南门城楼之雄姿。

The Eastern side of the city with the Chingsui River a little further away.
榆城东依驼峰山，西临清水河，恋山带水，形势险扼。

从昆明到仰光
FROM KUNMING TO RANGOON
—A TRAVELOGUE ON YUNNAN–BURMA HIGHWAY—

（张继志作文　萧乾·邓光摄影）

Running like a snake on lofty mountains the Yunnan Burma Highway, a new exit from China's back door to the outside world, is an engineening feat.

滇缅公路伟大工程之一部，公路蜿蜒攀越山岭，宛如长蛇。

Under the shadows of the mountains, a fleet of heavy trucks proceeds on the seemingly endless journey. The landscape is scenic, the road smooth.

货车在隐藏山峡间的公路上前进，风景既佳，路复平坦。

All along the highway are gangs of workers repairing the bridges and keeping the road in good condition.
公路上常会驻有修路工人，一遇路面及桥梁等损坏，即行修复。

Tibetans dancing in Hsiakwan, one of the towns touched by the highway.
下关街上舞踊着的西藏人。

Chain bridge in Yungping.
永平城外的铁索桥。

A scene in outskirts of Yungping.
永平风景远眺。

滇缅公路已于去年七月通车，为万里长城及运河后，中国之又一伟大建筑。该路所需建筑时期，据英国公路专家估计，非十年不办，然动员滇省民众十六万人之结果，六越月间，即可完成，故凡旅行该路之西人，均叹服中国人力之伟大，而对抗战前途，更抱乐观。余此次由滇省垣西行出潞西边境而入英属缅境，转又南下，经缅旧京而达仰光，历程凡二千余公理，沿途所见，尚有足供关心西南国际运输者之参考者，爰特将道途见闻略述一二：

滇缅间交通，因滇缅铁路尚在铺筑中，故目前仅以公路为惟一车道，全路计程一千一百四十六公里，通车迄今不过一年。由昆明至祥云，路与滇缅铁路线平行，自祥云起，公路则仍沿西行，经下关，保山，芒市而至畹町，铁路线则南下经弥渡，云县沿南丁，河流域而至边境之滚弄。公路全程路面近因勤于铺修，尚称平坦，惟有多处似欠宽阔耳。

余此行出发为二月二日清晨，搭宝珍洋行便车启程离昆，傍晚五时四十分抵达沙桥，止宿于凤山旅馆，计程全日共驶二百四十二公里。

三日晨熹即起，八时，整装离沙桥，距下关八公里许，车忽为哨兵阻拦，据告下关有紧急警报，不准前进，乃急回驶三五公里，躲避于道旁大树荫下，待至三时五十分警报解除，始复前行，虽一场虚惊，心中尤怦怦不已，四时安抵下关，为保山昆明间之重镇，市街繁华，户口殷实，当洱海之尾，故又名龙尾关，惟嫌市政欠佳，街道不洁耳。是晚就榻于滇缅公路特约之中国旅行社下关招待所，更深夜静，剔灯作书，但闻室外风声啸啸，不禁愀然，继而想起迤西素有“上关花，下关风，大理石，苍山雪，洱海月”一谚，方释然自慰，乃拭目端坐，准备饱赏下关“风”情，以之聊解客中苦寂。

四日晨，满拟早早启程赶保山，奈以从车未到，只得静待，于是信步游街坊，奈臭气逼人，鸡豚亦缓步街中，令人不快。午后三时许，车至，乃于三时半启程离下关，出六公里外有三国时诸葛武侯擒孟获处，仅见乱石堆中，竖一石碑而已。四时半过漾濞，一路青山绿水，尽是傍山险道，风景绝佳，犹以置身画中，途有滇缅公路局工程段开山多处，致令车行极缓，直至夜深九时方抵永平，投宿永平招待所，铺位无余，所得者仅长凳二只，硬板三块，无褥无被，不禁戚然，奈精神疲乏已极，乃和衣仰卧，顷刻入梦。五日晨启行经功果去保山，路途渐趋平坦，无甚峻险处，故车行颇快，得于午后三时半安抵保山，穿县城，投宿于郊外之招待所中，该所位于山坡上，系一庙宇改建，清静雅洁，可谓备至，保山距昆明六六七，九公里，居滇省陆道之要会，为中缅贸易之中心，其繁盛犹如下关，日常货品多仰给于缅甸，盖自昆运去更较艰难而不上算也，自滇缅公路通车后，货运频繁，车辆毕集该城已不啻为运输道上之总枢纽。传闻昔年吾政府组中缅划界委员会拨经费六十万元，前赴滇旁测量划界，测量委员骑马抵保山后，以此外为乌烟瘴气之地，裹足不前，于是即以保山为界，而缅方将铁路筑至腊戍后亦未深进，及后缅兵逐步进探，亦来保山，测量委员前往阻止，然迄今多年，中缅边界犹未测定也。

六日晨四时起身，继续前进，至傍晚六时半抵龙陵。设有云南省特种消费税分局及腾越关龙陵分卡，七时半离龙陵，一路崎岖险峻，车行极缓，是夜暗无月光，除车前二道灯光外漆黑不见五指，而狂风呼呼，树影闪闪，迄今忆及，令人犹觉寒心。九时许抵芒市，宿招待所，简洁雅致，出乎意料，惟物价殊昂，几数倍于保山下关等地，方进餐时，招待所人员告以芒地瘴气极厉，竟劝少进食物，然一日奔波，已饥肠辘辘，亦无闲顾及矣。

芒市，距昆明八七三公里，为土司管辖地，住民摆夷（或曰白夷）怒夷为生，风尚迥异，装饰怪奇，言语文字均难通达，五日一市，商贾多系女子，所谓丈夫者抚儿育女，专操家务，反成一贤内助矣。该地气候虽劣，惟亦不入外传之甚，所谓瘴气者，亦不过恶性疟疾耳，间或有因水土不服而起之怪症，是否因瘴气而起，无人能言，当地有一戒言曰：莫起早，莫讨小，莫吃饱。据当地土人云：如能守此三戒，即可免于瘴气之患，姑录于此，作日后往游者之参考，翌晨往谒路西区土司方裕之代办，适彼出巡腾越未返，闲步街市，因是日适值赶集热闹异常。当地币制甚为复杂，如法币，卢比，银元，及前清时代之方孔小钱等等，此等夷商均无店铺，席地而坐，竞相叫卖，服饰多黑色，头戴高冠，犹如古画中之人物，口嚼槟榔，又似安南土人，商买走贩，大都为妙龄少女，盖摆夷风尚重女轻男，一切经商治家，均操之于女子手中也。离芒市，道路较平坦，惟沙飞尘扬，如入雾中，十二时半抵遮放，经腾越关分卡，检查行李货件外，无甚手续，午后二时抵畹町，上车办理出境登记后，即在道旁小饭店中午餐。该地物价极昂，且以卢比计算，损失甚大，及后走访隔壁草棚中之警察局局长，闲询边境情形，谈及瘴气，据谓该地瘴气甚盛，彼自昆带来警士二十余人，六越月中已死其半，瘴气中之最甚者为哑瘴及涨瘴，其次不过为恶性疟疾之别名而已！

跨畹町河遂入缅甸地境矣。边防颇弛，仅登记车辆牌照及来去目的地外无甚手续，该检查站名曰九谷，仅驻三数缅兵！由九谷至腊戍计有一百十六英里道路较平坦，中有数段正在铺筑柏油路面，车经贵概兴威。距腊戍不过三十里，均系荒村，一路未停，午夜后二时半即安抵腊戍，投宿滇缅公路特约腊戍招待所，是夜爆竹声通宵未绝，一夜未得安眠，盖正值除夕，家家户户正在迎新也，余仆仆风尘，虽未获余闲，享此佳节，然念及跋涉长途，幸能于此告一段落，亦人生一快事也。

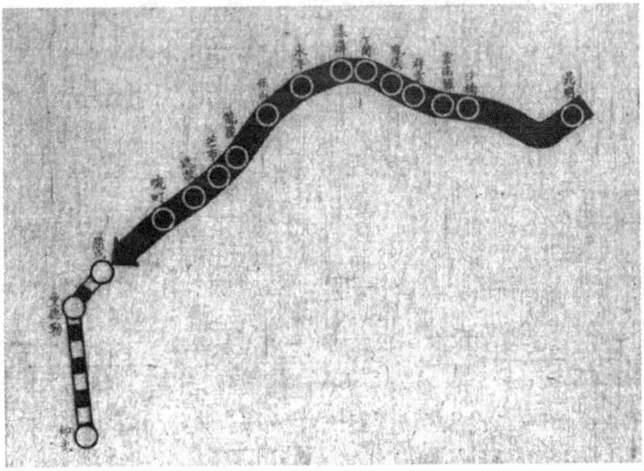

Map showing the route of the highway.
滇缅公路路线图。

Speeding in an altitude of 8 000 feet, the trucks encounter no difficulty as the road was solidly built.

汽车在八千余尺高山上爬行，如走康庄大道。

Tractors are in a readiness to keep the road open in case of landslides.

如遇山崩，土覆路面，即由修路机将泥土铲除。

To handle the freight traffic, a fleet of sturdy heavy trucks was recently bought from the United States.

该路新近由美国采购大批货车，专供载运货物。

A market in Mongshih.

芒市圩场内的买卖情形。

Nuns of the Pahsi tribe.
摆夷族的尼姑。

A Pahsi village.
摆夷人的磨房。

The biggest engineering feat in war-time China, the highway was completed in the most speedy manner. Thousands of workers took part in the building, indicating the inexhaustible supply of man-power in China.

滇缅公路为中国抗战发动后伟大建筑之一，该路曾费去数万工人的血汗，卒于极短促时间内完成，中国人力的雄厚，于此可见。

An imposing office of the tribe chieftain.

堂皇恬静的土司衙门。

Mopang, a small town along the highway.
木邦为东缅的一个小乡镇。

Members of the Chinese Overseas Engineering.
华侨机工在中途休息之情形。

按自昆明至腊戌，普通货车约六天可达，其驻宿地为楚雄，下关，永平，如值雨季，则需十天至十五天。由腊戌至仰光，有缅政府经营之铁路，客车二十八小时可达，有腊戌至曼德勒（又名瓦城）车行山谷间，坡度甚大，过曼德勒后，车行平原上，稳速舒适，举目旁瞩，沃野弥望，盖已入缅甸之产米区矣。南下抵仰光，为缅甸之惟一大都会，亦今日通入自由中国之一大海口也。

由滇至仰，除腊戌一线外，尚可由畹町入九谷，沿缅边公路经木姐，南坎而至伊拉瓦底江终点之八莫，由此搭江轮沿伊拉瓦底江西行至开泰，约一日可达，再沿江南下，到曼德勒，仍沿江曲折行约六百里，约第九日即可抵仰光。该埠距海约卅余公哩，外洋航船均可直驶，操全缅对外贸易之中心。

按八莫距吾滇边巴焦寨，仅四十余里，距腾冲（又名腾越）约一百四五十哩，现正倡筑保山至腾冲，腾冲至八莫之公路，倘此路筑成，较诸由保山西南向出畹町之滇缅公路线，均可缩短二百余里，日程亦可减少一天，且可连系缅境之伊拉瓦底江而发展昆仰间水陆运输，来日完成，对于吾国西南交通，裨益更多矣。

Mr. Z. T. Tsang, the manager of the Chung Ho Transportation Co. Shanghai, pictured on Burmese border during a recent inspection tour.

最近由沪出发视察滇缅公路之中和运输公司经理张瑞芝先生，摄于缅甸边境。

The greatest menace to the highway is the raining season when there often are landslides. The repair gangs,however,keep the road passable.Below,young boys do the lighter works on the road.

公路靠山筑城，遇雨季，山上浮土每易倾泻路隅，当局特令将土铲去，防患未然。（上）参加修路工作的孩子们。（下）

忆　兰　州

（张沅恒）

从地域上讲，兰州是全国的中心点，就政治和经济上讲，兰州是西北的心脏，自从抗战开始以来，因为负着沟通中苏交通的重大使命，所以这一座古老的城市，顿时活跃起来了。

兰州是我旧游之地，我第一次去兰州还是远在八年以前，从包头雇定了一辆双套骡车，开始我们那次塞北的长途旅行。在广漠无垠的草原中，车辙横越过绥远宁夏和甘肃三省，经过四十余日的旅程，终于在一个初冬的下午，渡过那座名闻天下的黄河铁桥而到达兰垣。

去过西北的人，无不异口同声说西北是一个黄土的世界，黄土的确是西北的特征。在兰州看不到青山绿水的，登城远望四周都是童山濯濯，不要说树木成荫，连草都不容易看见。黄河中的滚滚浊流，中间挟着大量的泥沙。房屋的墙和顶全是黄土堆砌成的，每日坐卧的是土坑，在冬天刮起大风来，黄土满天飞舞，连眼都睁不开来，土，土，土，整个的西北是被黄土所包围着了。

有人形容兰州的马路“晴天像香炉雨后似酱缸”，我起先总不相信，后来身历其境，才知道他形容得并不过分。晴天时候路上浮着二三寸厚的松土，脚踏上去就飞散开来，再加上一阵微风，土就在身旁冉冉上升，令人有腾云驾雾之感。雨天呢，泥泞没胫，简直寸步难行，皮鞋和橡皮套鞋也失其功效，不信，走不上几步路，鞋子和脚准会脱离关系的。

电灯是科学的产物，兰州在十多年前已经开始采用了，但是它只能当做一件白日夸耀的装饰品，因为配上一只五十支光的灯泡而发出的光，还是微弱得可怜。距灯三尺以外就伸手不见五指，开着电灯而还需燃洋烛补充是兰州电政的特点。

在兰州不容易找到一张床，土炕是唯一的卧具，坐卧于是，形成了家庭中唯一的设备。在冬天，坑下燃起晒干的马粪来取暖，室内的气味已很够受，而睡到半晚觉得背上火热，更如受炮烙之刑。

西北原是中国人种最复杂的区域，而兰州便是一所展览会场，在热闹大街上熙攘往来的，有青海的藏民，头缠白布的缠回，口外来的蒙古人，蒙旗中的满洲贵妇，穿着黄袍的喇嘛，使初到的人目迷五色，叹为观止。

第二次去兰州是在前年夏天，从西安到兰州搭西北公路局的客车，四天到达，在旅途中，最使吾注目的就是满载着军火的苏联运输车。衔接着很长的行列在满是黄尘的公路上向南疾驶，每一个重要的城市中，都设着专为供应运输队员食宿的招待所。我曾去某一招待所参观过，里面设着能容二百人住宿的铺位，每一座土坑上平均能容十个铺位，上面安放着洁白的卧具，长列的餐桌上也铺着台布并安放着刀叉，设备虽很简单，但是井井有条。我和所里的管事闲谈，他告诉吾苏联运输车每一行列，平均在百辆以上，他们从苏联经新疆甘肃到西安，途中需时约半月。军火运抵目的地卸去后，车辆就留在中国，只有一小部分载运驾驶员和茶叶皮毛等回去。中国海口被切断后，这一条西北的大动脉，已肩起了更大的重任了。

我到兰州后，古气盎然的城墙，依然耸立在黄河南岸，滚滚的浊流，还是不息地奔腾着，但是兰州毕竟随着这伟大的时代而变了。街道两旁的店铺，好像村姑效颦似的摩登起来了，晚上电炬通明，无线电的声浪洋洋悦耳，一大群好奇的听众把马路都阻塞了。有一次我看见许多人黑压压的围住了一家理发店争着往里瞧，我也被好奇心驱使着挤上去，原来里面正在使用第一架到兰州的电烫机。

兰州在两个时代的交替中，一切都显着不调和，低矮的平房伪装上一座三层的洋式门面，流线型的汽车和用牲口拉的骡车，旗袍革履的小姐们和穿红袴缠小脚的村姑娘，在同一地点反映着两个不同世纪来，这现象是战神所赐予的。

以前兰州也有若干西籍传教士，当地的老百姓在背后窃窃私议时，每冠以“红毛”或“鬼子”一类的雅号，现在却有成千的苏联教官和机师在空军服务，他们为了同情中国抗战而来华，他们似乎不能再称他为“红毛”了，所以现在一概称为“洋先生”。

兰州的夏天是够人留恋的，最热的时候不会超过摄氏八十五度，所以日间尽可穿着绒线衫。硕大无比的西瓜，甜而且廉，一块钱可买二只。醉瓜是兰州的特产，味之香甜，不下于新疆的哈密瓜。人家都知道南京白花百合，但兰州的百合似乎更胜一筹。

天才透露着鱼肚白，兰州的居民每被铁鸟的怒吼声从好梦中惊醒，这不是敌机空袭，而是中国新空军正在开始他们一日的演习和巡戈。兰州有千架的新锐飞机，随时准备予打击者以打击。

在这大时代中，兰州是随着时代的洪流向前猛进，现在只不过在发轫时期而已。

Spanning a shallow river which is dry most of the time is the "Sleeping Bridge" at the western suburbs of the city.

卧桥在城西里许形似长廊，为兰垣著名建筑物。

Wool is one of the principal products of Kansu. Tons of these have been used in making a million army blanket for the Chinese soldiers.

甘肃民众购运大宗羊毛，准备织造军毯十万条，呈献政府。

On the upper reaches of the Yellow River, hydraulic plants of primitive type operate.

黄河滨之大水车利用水力转动木轮灌溉近郊田园。

A view of the city along the Yellow River bank.
城北黄河滨风景，对岸白塔山可登临俯眺全城。

Long lines of camel caravans transporting Soviet gasoline to China. The caravan takes about two months to reach Lanchow from the Russian border.
蜿蜒着长蛇之骆驼队由苏联载运汽油来华，自苏联至兰州时约二月有余。

Fleets of trucks are used in the transportation of Soviet war materials.

苏联接济中国之军火，不断以载重大卡车由中苏公路运华。

The China-Soviet Highway is one of the most important links between "Free China" and the outside world.

中苏公路为中国抗战期间之西北大动脉，苏联接济中国之大量军火均由此路源运华。